書下ろし

どうしようもない恋の唄

草凪 優

祥伝社文庫

目次

第一章　泡に消える

長年東京で暮らしていても、降りたことのない駅というのはあるものだ。

矢代光敏《やしろみつとし》は改札を出ると視線を揺らしながら駅前の商店街に進んだ。

豆腐《とうふ》屋や乾物屋やコロッケを並べた肉屋がたたずむ、昭和の残照にいまなお照らされているような商店街だった。どの店も間口が狭く、夕方なのに客もまばら。もう少し進むと、飲食店街になった。中華料理屋の暖簾《のれん》は脂《あぶら》じみて風にも揺れず、モツ焼き屋の提灯《ちょうちん》は黒く煤《すす》け、暮れなずむ路地裏に点々と灯ったスナックの看板は、色がどぎつすぎて毒虫の群れに見えた。割れたネオン管がバチバチと鳴っていた。どこも一見《いちげん》の客として足を踏みこんでみる気にはとてもなれない。

矢代がこの駅で降りたのは、車窓から川が見えたからだった。

川の名前はわからない。隅田川《すみだがわ》か荒川《あらかわ》か江戸川《えどがわ》か、それらの支流だろう。東京の西側に住む矢代は、そもそもこのあたり、東側の下町にはめったに足を運んでこないのだ。飲食店街を抜けると風が変わった。

目的の場所だ。大型トラックが地鳴りをあげて走っている通りを渡って、土手にのぼっていく。夏の終わりだった。草いきれがむっと匂って鼻先で揺らいだ。

雄大に流れる川と、野球やサッカーのグラウンドが何面もある広い河川敷《かせんじき》。家々の灯りは遠く、東京の景色とは思えないほど大きく開けた空はいまにも群青《ぐんじょう》色に染まりきりそうで、彼方《かなた》の地平線だけが夕焼けの名残《なごり》でオレンジ色に輝いていた。寂寥《せきりょう》感のにじむ殺《さつ》伐《ばつ》とした風景だったけれど、それが逆に言いようのない安堵《あんど》を運んでくる。

遠目に橋が見えた。

銀色をした、ゆうに二、三百メートルはありそうな立派な橋だった。橋から川面《かわも》までは十メートルほどか。飛び降りればまず助からないだろう。

びゅうと川風が頬《ほお》を撫《な》でていく。

いや、と矢代は思い直した。泳げないわけではないので、ただ飛びこんだだけでは生き延びてしまうかもしれない。なにより苦しいのは嫌だから、溺《おぼ》れ死ぬためには正体を失うまで泥酔《でいすい》する必要があるだろう。それに、まだクルマの通行量が多かった。身投げをするにはいささか時刻が早すぎる。

踵《きびす》を返した。

しかし、いま来た道を戻っていっても、今生《こんじょう》との別れの酒を酌《く》み交わすのに相応《ふさわ》しい店は見つかりそうになかった。

そもそもこの一カ月ほど朝から晩まで酒びたりで、酒など飲みたくないのだ。

それでも飲まなくてはならない。

飲まなくては死ねない。

やけに蒸し暑い日で、全身汗だくになりながら酒場を求めて歩きまわった。シャツが濡《ぬ》れすぎて気持ち悪くなり、風を求めて再び川に戻った。土手にあがると陽はすでにとっぷりと暮れていて、道にも河原にも人影は見当たらなかった。

いっそこのまま死んでしまおうか？

泳ぐことができるといっても、服を着て飛びこめば体を動かす気力などすぐに奪われるかもしれない。生への執着などもはやないから、ほんのちょっとの間だけ苦しいのを我慢すればあの世へ出立できるのではないか。

それでもいざ橋に向かおうとすると足がすくんだ。

冷たい恐怖が五体を凍《こお》りつかせ、胸の鼓動だけを乱していく。

そのうち、夜闇に不気味な存在感を放つ銀色の橋が死刑執行台にも見えてきた。なんの罪も犯していないのに、どうして死刑にされなくてはならないのだろう？むろん、時の権力によって命を奪われるわけではなく、ただ生きる気力を失くしてしまっただけだった。

男という生き物は弱いものだ。負けることに弱い。受験戦争、就職活動、出世争い……人生のどんな局面でも、矢代は子供のころから勝ち組だった。エリートというほどではないけれど、それなりに名が通った大学を出て、希望通りの会社に就職し、同期の中でもっとも早く頭角を現わしながら、さらなる成功を求めて脱サラした。未来は輝ける一本の道だった。それがたった一度、道からはずれてしまっただけで心が折れてしまったのだから、情けないといえば情けない話かもしれない。せめて若いうちに失敗の経験を積んでおけばよかったと思ったところで、いまさらどうなるものでもなかった。

「……まだクルマの数が多すぎるな」

独《ひと》りごちて橋に背中を向けた。

ポケットから携帯電話を出して時刻を確認すると、午後八時だった。もう少し深夜に近づけばクルマの数も減ってくるだろう。

それにしても、と乾いた苦笑がもれてしまう。

これから死のうというのに携帯電話を持っているなんてなんだかおかしい。この世に未練がないことを証明するために、まっぷたつに折って捨てた。

プラスチックの蝶番《ちょうつがい》がバキッと割れる音が体の芯《しん》に響くと、言いようのない暴力的な衝動がこみあげてきて歩速があがった。なにもかもめちゃくちゃにしてやりたくなる。いっそ世界の終わりでも訪れて、生きとし生けるものが息絶えてしまえばいい。

ふと前を見ると、暗闇の中でポツンと看板が灯っていた。飲み屋の類《たぐい》でないことはすぐにわかった。建物のシルエットが城を模していたからだ。ラブホテルだろうと思ったが、近づいていくとソープランドという文字が見えた。

ソープランド。

こんな辺鄙《へんぴ》な場所にあるものなのだろうか？　あるいは辺鄙な場所にあるからこそ、人目を忍んで遊ぶ客にはうってつけなのか？　四十年近く生きてきて一度もその手の店で遊んだことのない矢代には、にわかに判断がつかなかった。

ふらふらと土手をおりて店の前まで行ってみる。

遠目に城に見えた建物は、商店街に並んだ店同様に年季が入りすぎており、近くで見るとただの薄汚いビルだった。玄関に五十がらみの男が立っていた。黒いスーツは皺《しわ》だらけで、白髪《しらが》まじりの伸びすぎたパンチパーマがまるで鳥の巣だ。

「どうすか？　いい子いるよ、待ち時間なしのご案内」

矢代が前を通ると、声をかけてきた。

人になにかをセールスしようという人間の態度ではなかった。自分が売ろうとしているものにひと欠片《かけら》の愛着もなく、客に対するサービス精神もこれっぽっちも持ちあわせていない、ひどく投げやりな感じだ。

しかし、その投げやりな感じがどういうわけかいまの気分に馴染《なじ》んでしまい、矢代は立ちどまった。風呂に入れば、汗みどろの体がさっぱりするかもしれなかった。どうせ時間を潰《つぶ》さなければならないなら、飲みたくもない酒を飲むのも、抱きたくもない女を抱くのも、さして変わらないことのように思えた。


なにしろ生まれて初めて足を踏み入れたので、ソープランドの個室が一般的にそういうものなのかどうかわからない。部屋に風呂が付いているというか、風呂場にベッドが置いてあるというか、とにかく不思議な空間だった。

部屋はまず、絨毯《じゅうたん》敷きとタイル張りの床に二分されている。絨毯敷きのほうにはソファと呼んだほうが正しそうな小さい簡易ベッドと、鏡の付いたチェストが置かれ、タイル張りのほうにはラブホテルにあるような黄金色の浴槽と、なんに使うのかよくわからないひとり用のスチームサウナ、そして噂《うわさ》に聞くマットプレイ用の巨大なマットが壁に立てかけられていた。部屋そのものは十畳ほどあってけっして狭くはないのだが、それらが賑々《にぎにぎ》しく詰めこまれているせいで、なんだか息苦しい。

そのうえ、当たり前だが部屋には女がいた。マーメイド型の赤いドレスを着た彼女の存在が、息苦しさに拍車《はくしゃ》をかけた。

「ヒナです。よろしくお願いします」

部屋の前で引き合わされたとき、彼女はそう言ってぺこりと頭をさげた。

意外にも、苦笑をもらしたくなるような不細工ではなく、肥満体や年増でもなく、ファストフード店の制服が似合いそうな普通の女の子だった。

年は二十五、六歳だろうか。童顔で眼が大きいせいで、どこかあどけなささえ漂《ただよ》っている。小柄で華奢《きゃしゃ》な体つきをしているのに、胸のふくらみはたわわに実っていた。赤いドレスはあまりよく似合っていなかったけれど、素肌が雪のように白い。矢代はこの街に来て初めて、清潔感という言葉を使いたくなった。

とはいえ、それはあくまで安っぽいローションの匂いが充満している猥雑《わいざつ》な空間での印象であり、街で道行く男が振り返るほどの美人というわけではない。売春婦にしては可愛《かわい》らしいが、売春婦らしい薄幸そうな雰囲気もしっかりと持ちあわせていた。

（しかし、ソープか……）

ベッドに腰をおろした矢代は、浴槽の湯加減を確認しているヒナの背中を眺めながら深い溜息《ためいき》をついた。人生とはおよそ滑稽《こっけい》なものに違いないが、自殺をするためにやってきた街で女を買うなんて滑稽の極みであろう。

勃《た》つかどうかもあやしかった。

考えてみれば、もう何カ月も女体に触れていない。やり方を忘れてしまったということはないけれど、こんな落ち着かない場所で顔を合わせたばかりの女と性交をするという事態が、リアルに感じられない。

「先にお風呂に入りましょうね」

ヒナが振り返って言った。湯に濡れた手をぶらぶらさせながらベッドのある絨毯敷きのスペースにあがってきて、にっこり笑った。人懐《ひとなつ》こい笑顔だった。

「外、まだ暑かったですか？」

「蒸してるね。おかげで汗みどろだ」

「でも今年の夏は短かったですねえ。わたし、暑いの苦手だからいいですけど」

ヒナは当たり障《さわ》りのない話をしながらドレスを脱ぎ、下着姿になった。金色のサテンに黒いレースをあしらった水着のようなランジェリーで、網タイツをガーターベルトで吊《つ》っていた。セクシーといえばセクシーだったが、矢代は勃起しなかった。彼女の所作がいかにも仕事めいていたせいもあったし、いったい自分はなにをやっているのだろうという暗《あん》澹《たん》たる気分のせいもあった。

なんだか無性に苛々《いらいら》してくる。

ヒナは慣れた仕草でガーターベルトをはずし、網タイツを脚から抜いた。ブラまではずして童顔に似合わない豊かな乳房をさらけだすと、さすがに恥ずかしそうに眼の下を赤らめ、両手で自分を抱きしめた。

「お客さんも脱いでください。それとも脱がせてほしい？」

「いや、いい……」

矢代は首を振ってシャツのボタンをはずしだした。ヒナはそれを確認してから、もじもじと腰を振ってショーツを脱いだ。小判形に茂った股間の繊毛《せんもう》が眼に飛びこんできて、矢代の動きがとまる。あまりに黒々と艶《つや》光りし、そのせいで素肌の色がよけいに白く見えた。そこだけに、獣の牝《メス》の匂いが漂っている。

いったいどういう神経をしているんだろう？　と内心で独りごちてしまった。

それなりに可愛らしい容姿をしているくせに、見知らぬ男の前で一糸《いっし》纏《まと》わぬ丸裸になる。金のために脱ぐ。それも大金じゃない。パンチパーマの黒服には、総額で三万円とられた。店の取り分を差し引いて彼女の懐《ふところ》に入るのは、せいぜい二万円くらいだろう。なのに脱ぐ。女にとっていちばん恥ずかしい部分を見せる。

苛立ちが募ってくる。

「……やっぱり脱がせてあげましょうか？」

胸元と股間を手で隠したヒナが心配そうな眼を向けてきたので、

「いや……」

矢代はもう一度首を振って立ちあがった。シャツを脱ぎ、ズボンを脱いだ。ベッドに投げた服を、ヒナがいそいそと畳《たた》んでプラスチックの籠《かご》にしまう。靴下とブリーフも脱いだ。ヒナはそれも丁寧に畳んで服の下にすべりこませると、長い黒髪をアップにまとめて後れ毛が艶《なま》めかしいうなじを見せた。

「どうぞ」

洗い場にうながされた矢代は、中心が縦に凹《へこ》んだ椅子《いす》に座らされ、体をシャボンまみれにされた。俗にスケベ椅子と呼ばれる、腰をあげずに股ぐらまで洗える椅子だ。正面の壁には大きな鏡が付いていて、陰部を剝《む》きだしにした自分が体を洗われている様子を、つぶさに観察することができた。

興奮をうながすためのそれらの仕掛けが逆に、薄ら寒い気分を運んでくる。

疲弊《ひへい》しきった中年男の裸身が見るに堪《た》えなかったから、だけではない。

この世はつまり、金さえ出せばなんでもできるものらしい、としみじみ思ってしまったからだ。初対面の女がひざまずいて体を洗ってくれる。萎縮《いしゅく》したままのペニスから、玉袋や肛門まで丁寧に指を這《は》わせてくる。夫婦や恋人同士でさえ普通はそこまでしてくれないようなことを、ヒナはどこまでも真剣な眼つきで行なっていた。

「まったく驚いちゃうな……」

矢代は尻の穴を洗われるくすぐったさに身をよじりながら、苦々しくつぶやいた。

「会ったばかりの男にこんなことして、平気なんだ？」

「そりゃあ恥ずかしいですけど……仕事ですから」

上目遣《うわめづか》いでニッと笑ったヒナの顔はやはり人懐こかったけれど、閉店間際のスーパーで投げ売りされている惣菜《そうざい》のように安っぽかった。もっとはっきり、頭が悪そうと言ってもいい。無闇《むやみ》に無防備で大切なものが欠落している。世間を渡っていくために必要な賢《かしこ》さが感じられないのだ。

（まあ、ちょっとでも賢かったら……）

こんな場末のソープランドで働いていないだろう。毎日毎日、店にあてがわれた男に股を開けるわけがない。

「仕事だからどんなことでもやるのか？　フェラでもセックスでも」

「ええ……はい……」

「お尻の穴でも足の指でもペロペロしちゃうんだ？」

矢代の舌鋒《ぜっぽう》は偽悪的に鋭くなっていったが、

「全然オッケーですよ」

ヒナはやはり、頭の悪そうな笑顔で答えた。

じゃあやってくれよ、と矢代は言わなかった。べつにやってほしくなかったからだ。顔を合わせたばかりの女と風呂に入って体を洗われるという露骨《ろこつ》なことをしているにもかかわらず、気持ちは性的な興奮からどんどん離れていく。

「キミさあ、この仕事長いの？」

「いえ、まだ二、三カ月です」

「なんでソープなんかで働いてるんだい？」

「なんでって……」

ヒナは矢代の体についたシャボンをシャワーで流しながらつぶやいた。

「ぶっちゃけ、お金のためですよ。わたし馬鹿だから、友達の連帯保証人になっちゃって。それを返さなくちゃいけないんです」

「へぇえ……」

嫌なことを思いださせる。

つい最近まで、矢代も連帯保証人になってくれる人間を求めて奔走《ほんそう》していた。かつて金の融通をしてやった男にも、家族ぐるみの付き合いをしていた親友にも、実家や親戚にだって断られた。

べつに理不尽《りふじん》な話ではない。いったい誰が、傾きかけた会社の社長の連帯保証人になるだろう？　そんなことはわかっていた。理屈ではわかりきっていたが、その程度の人間関係しかつくれなかったおのれの人生が急に虚《むな》しくなったのも、また事実だった。誰ひとりとして味方はなく、身内の人間にすら蛇蝎《だかつ》を見るがごとき視線を向けられた屈辱《くつじょく》は、死んでも忘れることができない。

当時のことを思いだすと目頭が熱くなってきて、

「貸してくれ」

矢代はヒナの手からシャワーノズルをひったくり、頭に湯をかけた。

「髪……洗ってほしいんですか？」

「ああ」

矢代はしゃくりあげそうになるのをこらえてうなずいた。

「実は最近ろくに風呂に入ってなくてね。痒《かゆ》くてしかたなかったんだ」

「なあんだ」

シャワーのはじける音の向こうで、ヒナが笑う。

「だったら最初から言ってくれればよかったのに。そういうお客さん、たまにいるんです。だからここ、シャンプーだって置いてあるし」

ヒナは矢代の手からシャワーノズルを奪い返すと、シャンプーを泡立てて髪を洗ってくれた。手つきは美容師のように練達ではなかったけれど、呆《あき》れるほどに丁寧だった。


「ずいぶんゆっくり浸かってましたね」

湯船からあがった矢代の体を、ヒナはバスタオルで拭《ぬぐ》ってくれた。たしかにゆっくりしすぎてしまったようだ。十五分も二十分もひとりでソープの湯船に浸かっている客なんて珍しいだろうが、高ぶった感情が落ち着くまで時間が必要だった。

「あんまり気持ちよくてさ、もう少しで眠っちまいそうだったよ」

矢代が照れ隠しにつぶやくと、

「ふふっ、溺れちゃったら大変だったですね。グゥー、ドボンッ、なんちゃって」

ヒナは背中の汗を拭ってくれながら笑った。

矢代の顔はこわばった。自分がこの街に、なんの目的でやってきたのかを思いだした。ソープの湯船にのんびり浸かるためではなく、名も知らぬ川で溺れ死ぬためだ。

「まあ、おかげでわたしは休憩できてよかったですけど」

ヒナは髪をおろし、白いキャミソールを着けていた。扇情的《せんじょう》なランジェリーで、シースルーのナイロンに胸のふくらみとピンク色の乳首が透けている。ひらひらした裾《すそ》には股間の翳《かげ》りが浮かび、白桃のように丸みのあるヒップのシルエットも見えた。

見ようによっては裸よりエロティックな姿になったのは、どうやらソープランド本来のサーヴィスのためらしい。いったん全裸になったくせに、床入り前に服を着け直すなんて芸が細かい。

しかし、もう充分だった。

充分に満足だった。

薄汚い酒場で安酒をすするより、ソープランドを選んでよかった。これで身綺麗に死ねる。心置きなく川に飛びこめる。ろくに風呂も入っていない垢《あか》まみれの体では、三途《さんず》の川の番人だって眉《まゆ》をひそめたことだろう。

「なにか飲みます?」

ヒナが訊《たず》ねてきたので、

「ビールあるかな？」

矢代は腰にバスタオルを巻きながら答えた。ゆったり風呂に浸かったことで、ようやく体が酒を受けつけてくれそうだった。

「ごめんなさい。アルコール類は置いてないんですよ」

「そうか。そりゃ残念だ」

矢代は苦笑を浮かべてベッドに横たわった。合成皮革張りのマットにバスタオルが敷かれただけのスペースは、やはり平らなソファのようだったが、意外にくつろげた。しかしそれは、あくまでひとり寝の場合だ。

「失礼します」

ヒナがベッドにあがってくると、途端に狭苦しくなってしまった。

「いや、いいよ」

身を寄せて口づけをしようとするのを制すると、

「えっ？」

ヒナは大きな眼を丸く開いた。続いて眉をひそめた表情が、ひどく哀《かな》しそうだった。

「わたし、あんまりタイプじゃないですか？」

「いや、そういうわけじゃないけど、なんだか疲れててね……」

「そうですか……このまま添い寝しててもいい？」

「……ああ」

矢代はうなずいてヒナを抱き寄せた。本当はベッドをひとりで使わせてほしかったけれど、添い寝まで拒《こば》むのはさすがに気が咎《とが》める。先ほど一緒に湯船に入ってこようとするのを断ったし、マットプレイの誘いも遠慮したのだ。

キャミソールに包まれたヒナの体からは、甘い匂いが漂ってきた。昔、食べると口の中が真っ赤になる駄菓子《だがし》があったが、あれに含まれていた人工甘味料のような匂いだ。子供にもわかるほど体に悪そうな味なのに、そういえば、いくら親にとめられても食べるのをやめられなかった。

手持ちぶさたになり、ヒナの長い黒髪を撫でてみる。シルクのような手触りが心地よかった。手のひらをすべらせて華奢な肩に触れると、素肌が驚くほどすべすべしていた。日に何度も入浴しているせいか、あるいは思ったよりも若いのか。

「年、いくつなんだい？」

肩を撫でさすりながら訊ねると、

「えっ……」

ヒナは悪戯《いたずら》を見つかった少女のように眼を泳がせ、

「お店では二十五ってことになってるけど……本当は……もうすぐ三十」

「見えないよ、とても」

「わたし馬鹿だから」

「んっ？」

「馬鹿だから、年とらないみたい。新聞読まないし、テレビのニュースだって見ないし、はっきり言って難しいことなんにも考えてないし……」

矢代は苦笑した。否定する気になれなかった。

「ちょっとまぶしいですね」

お互い仰向《あおむ》けになったので、天井の灯りが眼に入った。ヒナが立ちあがってスイッチを調整する。ダークブラウンの間接照明だけになると、浴槽や巨大マットやスチームサウナが薄闇に隠れ、部屋は淫靡《いんび》なムードに一変した。

「あのう、本当にいいんですか？」

ベッドに戻ってきたヒナが、顔をのぞきこんでくる。照明が暗くなって変わったのは部屋の雰囲気《ふんいき》だけではなく、彼女の表情もだった。可愛らしい童顔をしているくせに、大きな眼をまぶしげに細め、唇《くちびる》を半開きにした顔つきが、淫《みだ》らだった。どこか幼げな顔立ちなのに、唇だけがサクランボのように肉感的だからかもしれない。

「疲れてるなら動かなくていいですから、わたしにさせてください」

バスタオル越しに、小さな手が股間をまさぐってくる。

「いや、いいって……」

「でも、せっかく来てくれたのに、お風呂入って帰るだけじゃもったいないですよ」

「ホントにいいよ……」

言葉では拒みつつも、矢代はヒナの動きを制止できなかった。バスタオル越しに伝わってくる手指の動きが、たとえようもなくやさしかったからだ。初対面の女を抱き寄せている緊張感も、金で女を買った罪悪感も、溶かそうとするかのようなフェザータッチ。

バスタオルがめくられた。

まだ萎縮したままのペニスを、ヒナのやさしい指先がつまみあげる。包皮を剝《む》いては被《かぶ》せ、被せては剝く。睾丸をやわやわと揉みしだき、敏感な内腿《うちもも》を爪《つめ》でくすぐってくる。

体の芯がビクンと疼《うず》いた。

「……失礼します」

ヒナは小さくつぶやくと、矢代の反応を待たずに体を反転させた。矢代の顔に尻を向けて四つん這いになり、萎縮したままのペニスを口に含んだ。

ぬるり、と下半身に生温かい刺激が訪れる。

ヒナは「ぅんんっ、ぅんんっ」と鼻息を可憐《かれん》にはずませながら、ペニスを吸いたててきた。口内で亀頭に被った皮を剝き、舌を使って舐《な》めまわした。小さくてつるつるした舌がよく動き、しかも驚くほどぬめりを伴って吸いついてくる。

矢代はもう、拒絶の言葉を口にできなかった。

顔が熱くなり、呼吸が速まって、全身が硬くこわばっていく。意識のすべてが下半身に集中していき、生温かい口の中でペニスに芯ができると、みるみるうちに女と交接できる状態にみなぎって、熱い脈動を刻《きざ》みはじめた。

「大きくなってきました」

ヒナが得意げに振り返って笑みを浮かべる。その笑顔は人懐こくも馬鹿っぽくもなく、淫らさだけに輝いていた。大きな眼が妖《あや》しく潤《うる》み、サクランボのような唇が唾液にまみれて濡れ光っている。

「……ぅんあっ」

ヒナは勃起したペニスをもう一度頰張ると、頭を上下に振って、みなぎった肉竿に唇をすべらせた。口内で多量に分泌した唾液ごと、じゅるじゅると音をたてて吸いたててきた。根元からカリまでをしゃぶりあげ、最後に先端をチュッと吸う。小刻みにうごめく舌先で先端の切れ目をくすぐり、なめらかな舌腹をカリのくびれにからみつけてくる。

「うんんっ……うんんんっ……」

根元に指を添えて角度を調整しつつ、執拗《しつよう》に愛撫《あいぶ》を続けた。

時折振り返って矢代の様子をうかがいながら、ねちっこく舌と唇をうごめかす。長い黒髪をかきあげては、そそり勃った男根を狭い喉《のど》の奥まで呑《の》みこんで、口内粘膜でぴったりと包みこんでくる。

（ソープ嬢の、面目躍如《めんもくやくじょ》か……）

ペニスと口とのたまらない一体感に、矢代は唸《うな》った。

ヒナが唇を動かすたび、体の芯に、ぞくっ、ぞくぞくっ、と戦慄《せんりつ》が走り抜けていく。

これほど感じるフェラチオを、いままで経験したことがあるだろうか？

やさしいというか献身的というか、男を気持ちよくさせたいというあふれる思いが、舌と唇から生々しく伝わってくる。

わたし馬鹿だから、というヒナの心の声が聞こえてくるようだった。

馬鹿だからこんなことしかできないけど、とでも言いたげな舌使いは、けれどもどんな言葉よりも饒舌《じょうぜつ》に傷ついた心に染みこんできた。性感という性感を刺激して、疲弊しきった体に生気を与えてくれた。ひと舐めされるごとに、薄皮が剝かれていくように性器が敏感になり、その感覚が水面にできた波紋さながらに全身にひろがっていく。

「むううっ……」

熱い衝動がこみあげてきて、矢代はうめき声をもらした。

久しく忘れていた獣の牡《オス》の衝動だった。

右手が勝手に、四つん這いになっているヒナのヒップに伸びていった。キャミソールの薄いナイロンの、ざらりとした手触りが妖しい。それに包まれていることで尻の丸みがひときわ丸く、なめらかに感じられ、欲情の炎に油を注ぎこんでくる。

「……もういい」

矢代が上体を起こしてフェラチオを中断させると、ヒナはトロンとした眼を向けてきた。フェラチオに没頭していた顔だった。なにもしなくてもいいと言った手前、矢代は視線を合わせるのが恥ずかしくて、ヒナを四つん這いにしたまま尻に腰を寄せていった。キャミソールをめくりあげ、桃割れの間に勃起しきった男根をあてがった。

「あんっ……」

花びらに亀頭がこすれると、ヒナは小さく声をもらした。しかし、拒む様子はない。振り返りもせずに尻を突きだしている。

女陰にはなにひとつ愛撫を施していなかったが、矢代は性器を密着させて強引に挿入しようとした。亀頭にはヒナの唾液がたっぷりとなすりつけられていたから大丈夫だろうと思った。それ以上に、こみあげてくる衝動をこらえることができなかった。

「んんんんーっ！」

柔らかな肉を引き裂くようにして入っていくと、ヒナはくぐもった悲鳴をもらした。肉と肉とがひきつれているから、痛いのかもしれない。わかっていても矢代は衝動を制御できず、腰をひねりながら奥へ進んでいく。

ヒナの中はまったく濡れていないわけではなかった。とっかかりのぬめりを発見すると、そこを中心に肉と肉とを馴染ませた。ぬめりがじわじわとひろがって動きがなめらかになってくると、一気に根元まで埋めこんで子宮口を突きあげた。

「あああああーっ！」

ヒナが悲鳴を放つ。歓喜の悲鳴というより、衝撃に思わず叫んでしまった感じだ。

ひどいやり方だった。

好意の発露として行なうセックスでは、こんなふうに指や舌の愛撫をすっ飛ばして、男根を突き立てたりしない。

なのにヒナは受けいれる。矢代にしてもとまらない。それどころか、欲情は鋭く尖《とが》っていく一方で、暴力的な色彩すら帯びてくる。キャミソールの上からくびれた腰をつかんで、律動を送りこんだ。まだ少しひきつれている摩擦《まさつ》感を、ピストン運動によって強引に馴染ませ、むさぼるように腰を振りたてる。

「あああああーっ！　ああああああーっ！」

パンパンッ、パンパンッ、と後ろから連打を浴びたヒナは、四つん這いの背中を弓なりに反らせた。結合部はもう充分に潤んでいたが、気持ちがいいわけではないだろう。これほど一方的なやり方で女陰を蹂躙《じゅうりん》され、快楽を得られるとは思えない。

それでも、すべてを受けとめてくれる。矢代の暴力的な衝動を、雪白の素肌を生々しいピンク色に染めあげて耐え抜いている。ベッドに敷かれたバスタオルを両手できつく握りしめて、ひいひいと喉を絞って身悶《みもだ》える。

異様な興奮が訪れた。

彼女は男の暗い劣情《れつじょう》を受けとめてくれる、癒《いや》しの天使なのかもしれない。

いや、違う……。

暴力的な衝動は体のみならず精神さえも蝕《むしば》み、金で女を買ったという事実を、自分勝手な全能感にまで高めていった。

この女が天使であるはずがない。

金で股を開く売春婦じゃないか。

売春婦なんて畜生以下の肉の塊《かたまり》だ。

金を払っているのだから、好き放題に犯してしまってかまわないのだ。

四十近くまでソープランドに足を運んだことがなかったのは、その手の考えに嫌悪感もおぞましさも覚えていたからだった。矢代にしても男なので、女体に対する渇《かわ》きを知らないわけではない。しかし、だからといって金で女を買うなんて、性も愛も踏みにじる、排《はい》泄《せつ》行為じみた唾《だ》棄《き》すべき行為だと思っていた。

なのに、腰の動きはとまらない。

キャミソールの上から乳房をまさぐり、ヒナが悲鳴をあげるくらい、ふくらみにぎゅうぎゅうと指を食いこませて揉みしだく。

（淫売……肉便器……ヤリマン……）

獣の牡の本能が猛《たけ》り狂い、呼吸さえ忘れてピストン運動を送りこむ。鋼鉄のように硬く勃起した男根で濡れた肉ひだを蹂躙していく。こんな女に生きている価値があるのだろうか、と思った。体を売ることでしか生きていけない、最下層の恥さらし女に。

（最低女……最低女……）

最低ではあったがヒナの蜜壺はたまらなく締まりがよく、矢代は夢中で腰を動かした。なすすべもなく快感の虜《とりこ》になっていった。ぎゅっと眼をつぶると熱い涙があふれだした。歯を食いしばってかろうじて声をあげることだけはこらえたものの、嗚咽《おえつ》がこみあげてきて全身をぶるぶると震《ふる》わせた。ほとんど慟哭《どうこく》だった。とめどもなくあふれる涙が頰を濡らし、声をあげずに泣きじゃくった。

「……おおおっ！」

やがて下半身で、ドクンッ、と爆発が起こり、矢代は火を噴きそうなほど熱くなった顔をくしゃくしゃに歪《ゆが》めた。溜まっていたせいか放出の快感はすさまじいばかりで、はちきれんばかりにみなぎった男根から魂まで噴射しそうな勢いだった。驚くほど長々と続いた射精の間、ここがどこで相手の女が誰であるかも忘れ、ただ精を吐きだす恍惚《こうこつ》だけに溺れてしまった。

深夜一時過ぎ——。

矢代は駅前の商店街のはずれにある朝鮮料理屋でしたたかに酔っていた。

本当なら、とっくにこの世とおさらばしている時刻だった。

死に損ねてしまったという、後悔とも罪悪感ともつかない重い気分が背中にのしかかり、ただ飲むことしかできない。お通しのキムチやカクテキにも手をつけずに酒を呷《あお》りつづける矢代の様子に、店の女主人は最初冷たいまなざしを向けてきたけれど、二本目の眞《ジン》露《ロ》のボトルを頼むと呆《あき》れたように笑った。

矢代も笑い返した。女主人のヘアスタイルはソープランドの黒服にそっくりで、白髪まじりのパンチパーマが伸びきって鳥の巣のようだった。この街で流行中の髪型なのかと訊ねてみたかったが、皮肉なジョークを日本語で言っても通じなさそうだった。

この店に入ったのは、エアコン代を節約して開け放たれていたドアの向こうから、韓国語が聞こえてきたからだ。どうやら付近に住む半島出身者の溜まり場らしく、そういう店でなら異邦人のように放っておかれると思ったのだった。

実際、五卓あるテーブルのうち、矢代が座ったところ以外は、テーブルとテーブルで韓国語がけたたましく飛び交っていた。けたたましくても意味のわからない言葉は騒音と同じだ。矢代は思う存分、自己嫌悪に浸ることができた。

（もう一本くらい飲めば、死ねるかねえ……）

半分以上なくなってしまった二本目のボトルを眺めながら、内心で独りごちた。

しかし、もう無理だろう、とアルコールで煮えている頭でぼんやりと考える。自殺するにもそれなりに気力が必要で、それが削《そ》がれてしまったのだ。なにもかもめちゃくちゃにしてやりたいという暴力的衝動を、精液とともにヒナの中にすっかり吐きだしてしまったらしい。これではいくら飲んでも、橋の上からダイブすることはできそうにない。

そのとき。

ミニスカートを穿《は》いた若い女が店に入ってきた。

ヒナだった。

矢代に気づいて、唇を真ん丸に開いた。先ほど矢代を喜悦にうめかせた唇だった。次の瞬間、バツが悪そうに長い睫毛《まつげ》を伏せた。矢代にしても思いきりバツが悪く、踵を返してくれることを期待したが、

「ああー、ヒナちゃんいらっしゃい。相席なっちゃうけど、いいでしょ？」

日本語の覚束《おぼつか》ない女主人に背中を押されてしまい、矢代の正面の席に戸惑《とまど》いながら腰をおろした。どうやら彼女はこの店の常連客のようだった。

「……さっきはどうも」

矢代は眼を合わせずにつぶやいた。

「いえ……こちらこそ」

ヒナも眼を合わせずに答える。愛想《あいそ》笑いも交わせない重苦しい空気がテーブルを行き来し、矢代は耐えきれなくなって、眞露のボトルをヒナのほうにすべらせた。

「よかったら、これ飲んで。メシも奢《おご》るよ。さっきのお礼に」

「お礼って……わたしは仕事しただけだし……」

ヒナは居心地が悪そうに尻を動かした。レモンイエローの半袖ニットに白いミニスカー

トという若々しい装いだった。店にあてがわれたに違いない赤いドレスよりずっとよく似合っていたが、褒め言葉を口にするのも間が悪い。

「いいからご馳走《ちそう》させてくれ。ほら、なんでも頼んで」

ハングルと日本語が併記されたメニューを渡すと、

「はあ……」

ヒナは気まずげに視線を落とし、

「なに食べました？　ここは料理がどれもとってもおいしくて……」

「いや、食欲なくて酒ばっかり」

「……そうですか」

ヒナは溜息をひとつついてから女主人を呼び、生ビールと料理を注文した。空腹だったらしく、何品も頼んだ。

やがて、砂肝《すなぎも》と大蒜《にんにく》の炒めものだの、朝鮮風の腸詰めだの、豆腐チゲだのが運ばれてきて、ヒナは無言で食べはじめた。店中に飛び交う韓国語が、ふたりのテーブルだけを小宇宙のように孤立《こりつ》させていた。手持ちぶさたになった矢代は立てつづけにグラスを空け、鳥の巣頭の女主人に三本目の眞露を注文した。

「……大丈夫ですか？」

ヒナが上目遣いに訊ねてくる。

「なにが？　酒なら平気さ。肝臓がいかれてて、浴びるように飲まなきゃ酔えない」

「そうじゃなくて、なんか……」

ヒナは豆腐チゲを食べていたスプーンを置き、ナプキンで唇を拭った。

「お店で様子おかしかったし」

「様子がおかしい？」

矢代は眉をひそめた。

「そんなことはないだろ。ちょっと乱暴にしちまったからか？」

「それはべつに……いいんですけど……」

ヒナがじっとりした上目遣いで顔をのぞきこんでくる。

「ハハッ、なんだよ。はっきり言えよ」

「だってわたし、初めてだったですよ。エッチしながら泣きだしたお客さん」

黒い瞳に、同情とも憐《あわ》れみともつかない影が走る。

矢代は一瞬、言葉を返せなかった。バックスタイルで繋《つな》がっていたので、彼女にはわからないように泣いたつもりだった。自他共に認める馬鹿なソープ嬢に心の中を見透《みす》かされた気がして、したたかにプライドが傷つけられた。

「おいおい、おかしなこと言うなよ。泣くわけないだろ、あんなことしながら……」

こわばった顔で言った。

「あんまり気持ちよくって、涙がちょちょ切れそうにはなったがね」

「でも、すごく落ちこんでるみたいだったし……」

矢代はグラスの氷をカランと鳴らし、ヒナを睨《にら》みつけた。

「……自殺でもしそうに見えたかい？」

「いえ、そこまでは……」

ヒナは苦笑いを浮かべて首を横に振ったが、眼が笑っていなかった。

「ごめんなさい。わたしじゃ癒してあげられなかったですね」

「そんなことはないさ」

矢代は乾いた苦笑をもらした。

「びっくりするほど癒されたよ。ああいうところに行ったのは初めてだったんだけど、いいところだったな、うん。おかげで……」

酒がまわってしまったせいか、おしゃべりがとまらない。

「おかげで……自殺する気力がなくなった」

ヒナが瞳を凍りつかせて息を呑む。

「あんた、馬鹿なふりして、意外に人間洞察力があるんだな。図星だよ。顔に死相でも出てたかい？　俺はこの世の見納めに、有り金はたいてあんたを買ったんだ。店を出たらそこの橋から飛び降りるつもりだった。子供のころから根性ナシでね。ビルから飛び降りてアスファルトにぶつかったら痛そうじゃないか。その点、下が川ならそうでもない気がしてさ……どうして自殺なんてしようと思ったか、聞きたいかい？　せっかくだから聞いてくれよ。会社を潰しちまったんだ。四年前に脱サラして興《おこ》して、従業員が三人しかいないちっこい会社だったけど、俺にとっては城だった。それが先月、二度目の不渡りを出してパアだ。家は抵当《ていとう》に入ってたから、人手に渡っちまった。家だけじゃなくて、カミさんも……こちとら骨身を削って仕事してる間に、浮気してたんだよ。経営が苦しくて、ちょっとばかり生活に苦労させちまったから……でもだからって……金の切れ目が縁の切れ目ってわけか？　まったく、ふざけた話だよ。誰のためにこっちが不眠不休で頑張ってきたと思ってんだって……」

脱サラするまではそれなりに順調に歩んできた人生だった。俺の人生、こんなはずじゃなかったと思うと、声が震えだし、あわてて焼酎《しょうちゅう》を喉に流しこんだ。もう少しで嗚咽をもらしてしまいそうだったけれど、と同時に、胸がすっと軽くもなった。いままで誰にも話したことがない、ひとり溜めこんでいたドス黒い感情を吐きだした気分は、射精の快感にも似ていた。

しかしすぐに、胸は重苦しくつまった。いい大人が、一度買っただけのソープ嬢に思いの丈《たけ》をぶちまけている図が醜《みにく》すぎて、絶望的な自己嫌悪が襲いかかってくる。身をよじりたくなるような恥辱が、酒に赤らんだ顔をますます熱くする。

ヒナを見た。

驚くべきことに、さめざめと涙を流して泣いていた。

「……おいおい」

矢代は苦笑した。

「なんであんたが泣くんだよ？　泣きたいのはこっちのほうなんだぜ……」

精いっぱい虚勢を張り、おどけた調子で言ったのだが、

「だって……だって可哀相《かわいそう》……」

ヒナは嗚咽まじりの声を絞りだすと、わっと両手で顔を覆って泣きじゃくった。

「わたし、そういう話弱いんですぅ……うあああっ……」

親とはぐれた少女のような、手放しの泣きじゃくり方だった。矢代は焦った。店中で飛び交っていた韓国語がぴたりととまり、ふたりのテーブルに訝《いぶか》しげな視線がいっせいに集まってきた。

第二章　吹きだまり

　ヒナが住んでいる部屋は、窓を開ければ河原の景色が眺められるアパートの二階にあった。

　二十年ほど前、矢代が学生時代に住んでいたような木造モルタル造りの古いアパートで、間取りは六畳と四畳半の和室二間に、二畳ほどの台所。トイレはあるが風呂はなく、木枠の窓は開閉のたびにガタガタと音をたてた。

　日暮れから夜にかけては殺伐《さつばつ》とした雰囲気になる河原だが、昼間の景色は長閑《のどか》なものだった。青い空と雑草の緑とゆったり流れる川が見渡せ、東京とは思えないほど自然が近しい。九月も半ばを過ぎていた。夏の終わりはもう終わって、高くひろがった青空と乾いた風に、秋の気配が感じられる。

「それじゃあ、行ってきます」

ヒナが外出用のミニスカート姿になって声をかけてきた。

「帰りはいつも通りだと思う……これ、食事代」

千円札を数枚、丁寧に折りたたんで、テーブルに置いてあるウイスキーの瓶《びん》の下にすべりこませた。

「悪いないつも……」

矢代は立ちあがって玄関までヒナを見送った。玄関といっても、剝《む》きだしのコンクリートに靴が並べられ、建てつけの悪いベニヤ製のドアがかろうじて外と隔てているだけだ。冬になったらすきま風がひどそうだった。

「いいの、いいの。掃除や洗濯までしてもらって、こっちが申し訳ないくらい」

「それくらいは、な……」

矢代が苦笑すると、

「ふふっ、わたしたちってけっこうお似合いだと思わない？」

素足をミュールに突っこんだヒナは、矢代の腕を取って壁に掛けられた姿見を見た。

「渋谷とか歩いてたら恋人同士に見えるよ、きっと」

「……そうかね」

年の差は約十歳。見た目はそれ以上離れて見える。親子には見えないにしろ、恋人同士はかなり微妙だ。年の離れた兄妹か、「出会い系」などの金銭を介在した関係がいいところだろう。

「はい……」

ヒナが悪戯《いたずら》っぽく片頬を突きだしてくる。出かけるときはいつも、そうやってキスをねだる。もうすぐ三十歳になるというのに、ひどく子供っぽいところがあった。秋になってもミニスカートにミュールというコーディネイトも、呆《あき》れるほどに若づくりだ。

「ねえねえ、キスキス」

「わかったよ」

矢代がしかたなく頬に口づけをすると、

「ふふっ、好き好き」

とお返しに頬にキスをしてくれた。チュッチュと音をたてる甘いキスだ。自宅の玄関先でこれほどはしゃぐ女を、矢代は他に知らなかった。それも玄関とは名ばかりの、粗末でみすぼらしい空間で。

「じゃあね、あんまり飲みすぎないでね」

まぶしいほどに明るい笑みを振りまいて出ていくヒナを、矢代はドアを開けたまま見送った。途中で何度も振り返る姿が、見えなくなるまで眺めていた。

はしゃがなければやってられないのかもしれない――とも思う。彼女はこれから、幾《いく》ばくかの報酬のかわりに、見知らぬ男の前で裸になり、両脚を開く。

矢代がこの部屋に転がりこんできてから、ひと月弱が過ぎようとしていた。

ヒナと出会ったあの日、矢代のみじめすぎる境遇に、ヒナは泣いてくれた。いつまでも泣きやまず、パンチパーマの女主人が心配して背中をさすりにきたほどだった。ようやく泣きやむと、生ビールを眞露に替えてしたたかに酔い、

「行くところないなら、うちに泊まっていって。歩いてすぐのアパートだから」

と大きな眼をうるうるさせながらつぶやいた。

矢代はもちろん断った。

ソープランドで散財したばかりなうえ、その店の勘定《かんじょう》まで払えば財布の中身はすっからかんになるだろし、帰る家だってもちろんなかった。それでも、出会ったばかりの女に、それも一度客についただけのソープ嬢に同情され、施しを受けたりすれば、ますますみじめな気分になりそうだった。

しかし、酔って足元が覚束《おぼつか》なくなった彼女を家まで送らなければならなかった。

たとえ偶然の悪戯にしろ、それは一緒に酒を飲んだ者の責務のようなものだった。

ヒナも充分に千鳥足だったが、矢代はそれ以上にふらふらで、普通に歩けば十分かからない距離を、休み休み三十分以上かけて歩いた。

ヒナがもしオートロック付きの小綺麗なマンションに住んでいたら、部屋まで送らず建物の前で別れただろう。

赤茶色に錆《さ》びた外階段の付いたボロアパートを見て、無性に懐かしい気分になった。誘われるままに、あがりこんで水を飲ませてもらった。部屋は整理整頓が行き届いていたけれど、女らしい華やぎはなく、蛍光灯の灯りがやけに白々としていた。炬燵《こたつ》から掛け布団をはずしただけのテーブルが、粗末すぎて涙を誘った。とはいえ、畳の上にあぐらをかくと、なぜだかひどく落ち着いた気分になった。

「ずいぶん質素な暮らしだな。ソープ嬢ってそこそこ儲《もう》かる仕事じゃないのかよ」

苦笑まじりに矢代が言うと、

「わたし、借金あるって言ってるじゃないですか」

部屋の隅で膝を抱えたヒナは、怒ったように頰をふくらませた。

「それ、本当の話なんだ？　ハハッ、一見の客の質問に馬鹿正直に答えてたのか。友達の連帯保証人になったなんて……」

「嘘つくなら、もう少しマシな嘘つくでしょ」

「酒、もらっていいか？」

テーブルに安物のウイスキーが置かれていた。

「まだ飲むの？」

ヒナは眉をひそめたが、

「気絶するまで飲まないと眠れないんだ」

矢代はかまわず、水が半分ほど残っていたグラスにウイスキーを注いで飲んだ。

「じゃあここで気絶して、泊まっていって」

ヒナは挑むような上目遣いで見つめてきた。テリトリーを守ろうとする犬のように、うなり声まであげそうだった。

「いや、いい。遠慮しとく」

「自殺しそうな人、放っておけない」

「だから自殺はやめたって」

矢代は力なく首を振った。

「死ぬ気力がさ、萎《しぼ》んじまった。誰かと一発やったせいで」

「そんなのわかんないよ。ここから出ていって橋の上うろうろしてたら、また死にたくなっちゃうかもしれないし……」

そうかもしれなかったが、それならそれでかまわなかった。また朝が来て、新しい一日を生きるほうがはるかに大変そうだ。

「ねえ、泊まっていって。お願いだから」

「お願いするほどのことかよ……」

酔ったヒナが意地になっているようなので、矢代は話の矛先《ほこさき》を変えた。

「だいたい、おまえ男いないの?」

「いるわけないじゃん!」

ヒナは眼を剝いて答えたが、

「いるわけないよ……借金持ちの……ソープ嬢に……」

言葉は後ろにいくほどか細くなっていった。

「そうか……」

矢代はウイスキーの水割りを飲み干した。上体を起こしているのがつらくなり、畳の上に寝ころんだ。藺草《いぐさ》の香りが鼻先に届き、たまらなく寝心地がいい。そういえば、人手に渡ってしまったかつての自宅は、妻の意向で全室フローリングだった。

「おまえ、モテそうなのにな……」

ミニスカートで膝《ひざ》を抱えたヒナは、下から見上ると太腿の裏が丸見えだった。どちらかといえば引き締まった太腿をしているけれど、その角度ならむっちりして見える。

「どうしてよ？　モテないよ」

「モテるだろ。フェラうまかったし」

眼を閉じて店で受けた口腔愛撫を思いだすと、淫靡《いんび》な笑みがもれた。店の外で再会した彼女は泣いたり怒ったり嘆いたり、いささか情緒不安定のようだけれど、あのときは一瞬、癒《いや》しの天使にも思えたものだ。

「なによ。ひどいこと言わないでよ。フェラがうまいからってモテるわけないじゃない。そんなことってある？　フェラがうまいからって女の子を本気で好きになる？　ソープ嬢としてじゃないよ。ねえ……黙ってないでなんか言ってよ！」

矢代は言葉を返すことができなかった。畳の感触が気持ちよすぎて、眠りに落ちてしまったからだ。翌朝眼を覚ますとすさまじい宿酔《ふつかよ》いで身動きがとれず、今度は布団《ふとん》に寝かしてもらうこととなり、気がつけば翌々日の朝になっていた。

それが始まりだった。

「ここにいなよ。元気が出るまでずっとここに……」

ヒナに執拗《しつよう》に引きとめられた矢代は、出ていくきっかけを見つけられないまま、彼女のヒモのような暮らしをするようになっていた。

どんな男でも一度くらいは、ホステスや風俗嬢のヒモになることは夢見たことがあるんじゃないか、と飲みながらある男が言いだし、同席していた連中が揃《そろ》いも揃って大きくうなずいたので、矢代は猛反発したことがある。

なにも主夫という存在を蔑視《べっし》しているわけではない。

そうではなく、ヒモなんて面倒くさいと思ったのだ。外で神経をすり減らして金を稼いでくる女のご機嫌をとりながら、細々とした家事をこなしているくらいなら、汗水垂らして働いているほうがどれだけマシか知れない。

そんな思いはいまも変わっていなかった。

変わらないまま、場末のソープ嬢のヒモじみた暮らしに身をやつしている。

なにしろ、まともな仕事を見つけるなら、放置したままの住民票をしかるべきところに落ち着けなければならない。部屋を借りスーツ一式を揃え、あとは最低でも携帯電話とノートパソコンくらいは必要だろう。そんな金はどこにもなかった。それに、本気で社会復帰を目指すのであれば、まずは不渡りで迷惑をかけた債権者に土下座してまわるのが筋に違いない。考えただけで胃が痛む。

「気にしないでずっとここにいていいよ。食事代なんて、ひとりもふたりも一緒だし、帰ってきて部屋に灯りがついてるとわたしも嬉しいから」

そう言ってくれるヒナの好意に甘えて居座るうち、結局、ずるずると時間ばかりが経ってしまった。

毎日毎日、自己嫌悪だけが募《つの》っていく。

ヒナの生活は午後二時ごろ店に行き、夜中の十二時まで店にいて客をとっている。帰宅はだいたい午前一時過ぎ。休みは曜日に関係なく三日に一回で、二日働いては一日休むというサイクルだった。

ヒナに仕事がある日、彼女を送りだした矢代はまず、洗濯を始める。根が真面目なので、居候《いそうろう》をするなら家事くらいはするべきだと思ったのだ。洗濯機をまわしながら掃除機をかけ、台所を片付け、洗濯機がとまれば物干しだ。

「どうも。励んでますね」

ガタガタと音をさせて窓を開けると、隣の部屋の男が同じようにガタガタと音をたてて窓を開けた。ベランダのないアパートなので、お互い窓を開ければ顔を合わせて話ができる。

「ああ、どうも」

まるで日課のように現われるなと思いながら、矢代はピンチハンガーにヒナの下着をぶらさげていった。

男は大倉《おおくら》という名前だった。

年は三十前後だろうか。リーゼントと青白い顔が、夜の住人の匂いをあからさまに漂《ただよ》わせている。ただし現在は仕事をしていないようで、こちらも夜の住人らしき同居中の女に食わせてもらっているらしい。要するに、矢代の同業者というわけだ。

「ヒナちゃん、相変わらず下着の趣味は地味ですねえ。アハハッ……」

くすんだピンクやベージュのショーツを見て、大倉が笑う。

「そっちはもう終わったのかい？」

矢代はそっぽを向いたまま答えた。

四十の声を聞きそうな年になって、女の下着を干しているところを見られるのは、生まれてきたことを後悔したくなるほどみじめだった。意地になって家事をこなしているのは、根が真面目だからでもなんでもなく、みじめさに埋没《まいぼつ》することでおのれを罰したかったからかもしれない。

「今日は家事はパスっすね。なんか疲れちゃって」

大倉は両手を伸ばしてあくびをした。

「それより、あとでまた銭湯行くでしょう？　連れションならぬ、連れ風呂に」

「まあ、いいけど」

矢代は苦笑まじりにうなずいた。

大倉は、同類の隣人が出現したことがよほど嬉しいらしい。ここ数日、毎日のように銭湯に誘われていた。ひとっ風呂浴びた帰りは、赤提灯《あかちょうちん》で一杯だ。女が店に出ている間、暇で暇でしかたないのだろう。

どこか飄々《ひょうひょう》としてつかみどころがない彼とは、まだ付き合いの距離を測りかねているところだったが、矢代は誘いを断らなかった。矢代にしてもヒナのいない夜の間、映りのよくないテレビを観ることくらいしかすることがなかったからである。


東京の銭湯の湯は全般的に熱いという。

気の短い江戸っ子が烏《からす》の行水《ぎょうずい》を好んだからだとか、客の回転をよくするために長く入っていられないようにしているのだとか、諸説があるようだが、とにかく熱くて一分と入っていられない。

それでも、銭湯の広い洗い場を独占しているのはちょっとない解放感で、矢代と大倉はいつも浴槽のへりに腰かけて、だらだらと話をしていた。閉店間際の深夜になればそれなりに客が集まるらしいが、午後六時や七時ではいつ行っても空いていた。

「俺はこのままじゃ終わらないですよ……」

大倉は銭湯の高い天井を見上げて言った。

「あんなボロアパートに住んでいるのも、店の開業資金をつくるためでしてね。いずれは小さくてもいいから自分の城をもつつもりですから……」

大倉は元々、六本木のキャバクラでボーイをしていたらしい。有名な高級店だというが、その店の人気キャバクラ嬢と恋仲になってしまい、店を辞めざるを得なくなったという。店の商品である女とボーイの恋愛はどこの店でも御法度《ごはっと》にしている。辞める前にバレていれば確実に半殺しにされていた、と笑いながら言っていた。

「レイコがいればね、どんな店でも成功間違いなしだと思うんですよ、うん」

レイコというのが大倉の彼女の名前だった。矢代も何度か見かけたことがあるが、大倉が自信満々なのもうなずける、ぞっとするほどの美人だった。

年は二十歳くらいだろうか。アーモンド形の眼と金髪の髪が、高貴な猫のような雰囲気を漂わせており、若さに似合わぬ落ち着きがあった。逆に言えば唖然《あぜん》とするほど無愛想で、矢代がすれ違いざまに会釈《えしゃく》しても涼しい顔で無視する。しかし、そんな表情ひとつ変えない澄ました態度が、容姿の美しさをなおさら際立たせた。飴《あめ》色に煤《すす》けた下町の風景の中で、ナイフで切り取られたようにくっきりした存在感を示していた。

「彼女、美人だものねえ」

　矢代が言うと、

「そうでしょう、そうでしょう」

　大倉は我が意を得たりとばかりにうなずいた。

「六本木の店、けっこう大バコなんで百人以上女の子が在籍してるんですけど、指名五位から落ちたことないですからね」

「有名店で人気のキャバ嬢なら、月に何百万も稼ぐんだろう？　開業資金なんてすぐ貯《た》まりそうじゃないか」

「いや、まあそうなんですけど……実はバンスがありまして。バンスって前渡し金ですけど、レイコは前、銀座の高級クラブで働いてたんですよ。で、売り掛けでしくじっちゃいましてね。ツケで飲んでた太い客が飛んじゃったんです」

「要するにその借金を、いまの店に肩代わりしてもらったわけか？」

「そうです。早い話が」

「なるほど……」

　結局のところ、人生の困難はいつだって金だった。金がないのは首がないのと同じ。借金の袋小路に嵌《は》まりこんだら最後、復活するのはなまなかではない。

「それにね……」

大倉は浴槽のへりから尻をすべらせ、熱い湯に顎《あご》まで浸かった。

「俺がこんな調子でぶらぶらしてるから、あいつ最近機嫌悪くて……」

「仕事、すればいいじゃないか」

「いやあ……」

苦笑する顔が、茹《ゆ》で蛸《だこ》のように赤く染まっていく。

「初めはね、どっかの高級クラブでマネージメントの修業しようと思ってたんですよ。いや、いまでも思ってますけど。でもねえ、生活費の心配がいらないってなったら、なかなかその……勤労意欲もわいてこなくて……」

「まずいじゃないか……俺も人のこと言えないけど」

「マジな話、ちょっとはやる気のあるところ見せないと、愛想尽《つ》かされそうっていうか……実は最近、なんかあいつに、男の影を感じるんですよ……熱いな、ちくしょう！」

大倉はザバンと湯に波打たせて立ちあがり、浴槽のへりに座り直した。

「まあなあ、あれだけの美人なら引く手あまただろうしなあ」

「それより、矢代さんのほうはどうなんです？」

レイコの話題をそれ以上続けたくなかったのだろう、大倉は話の矛先を向けてきた。

「俺？　だから俺も似たようなもんだよ。いずれは事業を再開したいけど……」

「事業ってなにやってたんすか？」

「健康食品っていうか、サプリメントってあるだろ？　滋養強壮の。飲めば元気になるってやつ。ああいうのを開発販売してたんだ」

「そりゃあまた、胡散《うさん》くさいなあ」

大倉は顔に玉の汗を浮かべながら楽しげに笑った。

「週刊誌とかに広告載ってる類でしょ？　二十歳若返りました、なーんて」

「いやいや、零細《れいさい》企業だから広告なんて打てなかったけど、けっこう真面目に取り組んでたんだぜ。原料なんかにもこだわってさ。朝鮮人参《にんじん》とか牡蠣《かき》肉エキスとか。だからまあ、赤字になっちまったんだが……」

「じゃあ、そのサプリメントを売る会社をまたつくりたいんですか？　倒産しちゃったリベンジに？」

「まあね」

「うまくいったら、ヒナちゃんは？」

「んっ？」

「まさか所帯をもつつもりじゃないですよね？」

「あ、いや……」

矢代は口籠《くちご》もり、

「いずれはね……いずれはきちんとしようと思ってるさ、そりゃあ……」

「マジすか？　矢代さん、すげえ。男っすね」

大倉は大げさに眼を丸くした。

「いやあ、尊敬しちゃうなあ。俺はてっきり利用してるだけだと思ってましたけど。まあ、ヒナちゃん、尽くすタイプっぽいから、いい奥さんになるかもしれませんね……でもソープ嬢と所帯かあ、すげえなあ……」

「ハハッ、そうかい？　すげえか？」

矢代は力なく言葉を返しつつ立ちあがった。

「……先、あがるよ」

洗い場のガラス戸を開けて脱衣所へ向かい、さらに縁側まで出た。その銭湯にはかなり立派な庭が併設されていた。鯉《こい》が泳ぐ池に、濡れた飛び石。手入れの行き届いた木々を揺らして届く秋の夜風が、火照《ほて》った体に心地よかった。

（まったく、俺もいい加減なことよく言うぜ……）

実際のところ、ヒナと所帯をもつことなど考えたこともなかった。考える余裕なんてなかった。生きる希望も社会的立場も失い、自殺する気力さえ失くしてしまって、この一カ月間は、ただ抜け殻のように生きてきた。

利用するとかしないとか、そんな腹黒いことだって考えていない。

矢代にとってヒナは、女という生々しい存在ではなく、喩《たと》えて言えば、土砂降りの雨に打たれた野良犬に軒先を貸してくれ、餌まで与えてくれているような、ただ親切でやさしい存在だった。

たとえ肉体関係があったとしてもそうだった。

そう思いたかった。


深夜一時過ぎ、ヒナが部屋に帰ってきた。

いつものことだがひどく疲れていて、顔から笑顔が消えていた。一日に三人も四人もの男の欲望と向きあっているのだから、当たり前と言えば当たり前だろう。

それでも空元気を出して、

「バンッ！」

と矢代に人差し指を向けてくる。

「ううっ……やられたっ……」

矢代はピストルで撃たれたふりをして胸を押さえ、苦しげにうつむかなければならない。馬鹿馬鹿しいと言えばこれ以上なく馬鹿馬鹿しい子供じみた遊戯だが、付き合わないとヒナはいじける。しょんぼりしてしばらく口を利かなくなる。

「ふふっ、やられ方、うまくなったね」

ヒナは少しだけ笑顔を取り戻し、

「まったく……おじさんにこんなことやらせて、なにが楽しいんだか」

矢代も照れ笑いを浮かべずにはいられない。

「メシ食ったか？　野菜炒めか麻婆豆腐《マーボーどうふ》ならつくれるけど」

「うーん、いいや。夕方に出前の中華食べたから」

ヒナは流しで化粧を落としはじめた。風呂場のないこの部屋では、台所と洗面所が兼用だった。おかげで料理をするときも、化粧品の匂いが鼻につく。

「じゃあ、ビールでも飲むか？」

「ううん、いい」

「……そう」

妙に白けた間が漂う。

「ああーっ、やだなあなんか汚なくて」

ヒナはメイクオフクリームを塗った顔で言い、水切りかごのグラスを取りあげた。

「悪い。もう少し丁寧に洗えばよかったか？」

「ううん。そうじゃなくて、これもう寿命だよ。いくら漂白しても曇ってるんだもん」

燃えないゴミの袋に放りこみ、

「ねえねえ、わたし明日休みだし、お揃いのやつ買いに行こうよ。知ってる？　駅前に百円ショップができたんだよ」

「百円ショップかよ」

「いいじゃない。わたし百円ショップ大好き」

「じゃあ。明日散歩がてら行くか」

「やった！　楽しみ楽しみ」

ヒナは満面の笑みをこぼし、給湯器のお湯で顔を洗った。

矢代は屈んだヒナの背中をぼんやりと眺めた。ヒナも背中を見つめられていることをわかっている。狭い台所に息苦しい緊張感が孕《はら》まれていく。言葉やアイコンタクトがなくとも、ふたりは同じことを考えていた。

「じゃあ、奥で待ってるから」

矢代は四畳半の部屋に向かった。

寝室として使っている部屋だった。畳にひと組しかない布団を敷き、シャツとズボンを脱いだ。白々とした蛍光灯の灯った下で、トランクス一枚でぼんやり立っていると、化粧を落としたヒナが部屋に入ってきて襖《ふすま》を閉めた。

ノーメイクのヒナの顔は眉が薄くて、ますます子供っぽく、いっそ幼げにすら見えた。

蛍光灯の紐《ひも》を引っ張り、橙《だいだい》色の豆球だけにして服を脱いでいく。水着のような派手なランジェリーは店用で、普段はベージュ系の地味な下着ばかりだ。それが恥ずかしいとばかりに、あわてて脱ぐ。橙色の豆球の灯りを受け、素肌が白く輝く。

ヒナは下着も脱いで全裸になると、小さな体を躍らせて抱きついてきた。

「……ぅんっ」

矢代は抱擁《ほうよう》に応えて口づけをする。

このひと月ばかり毎日のように繰りかえされている、儀式のようなものだった。ヒナは矢代を居候させてくれるにあたり、ひとつだけ条件を出した。この部屋にいる間はかならず毎晩わたしを抱いて、と。

「ぅんんっ……ぅんんっ……」

トロンとした眼で深いキスに淫している ヒナは、まるで親猫に乳をねだる仔猫のように矢代の舌を吸ってきた。吸うほどに全身を欲情させ、白い裸身を揺らめかせる。矢代は最初、彼女の出した条件にびっくりした。一日に三人も四人も客をとり、家に帰ってきてまで性交したがるなんて、ニンフォマニアなのかもしれないとおののいた。

しかし、彼女はおそらく色情狂ではない。

そうではなく、矢代を癒してくれようとしているのだ。自分が得意な唯一の方法で、傷ついた心を癒し、荒んだ気持ちを慰め、男としての自信を回復させてくれようとしている
――体を重ねるほどに、その思いは確信に近づいていった。

「……もう立ってられない」

ヒナがキスをといて言った。矢代はうなずき、ふたりで布団にもぐりこんだ。ヒナはキスがとても好きだった。横になってもしばらくは、じっくりと舌を吸いあう。そうしつつ、矢代はヒナの黒髪を撫でる。肌と肌をこすりあわせる。

「ねえ、これも脱いで……」

ヒナがトランクスを引っ張ったので、矢代は脚から抜いて全裸になり、あらためて抱擁した。

股間のものは硬くなっていた。

最初、ヒナに同居の条件を出されたとき、いちばん不安だったのが、自身の男性機能についてだった。矢代はもう、欲望が有り余っている若者ではない。しかも、セックスのス

ペシャリストたるソープ嬢を相手に義務にも似た性交を毎晩続けるなんて、特別な力が必要ではないだろうかと思った。たとえばホストやＡＶ男優のような。

しかしいまのところ、不安は二重の意味で的中していなかった。

ヒナを悦《よろこ》ばせるために超絶的なセックステクニックは必要なかったし、義務で抱くというにはヒナの体は魅惑的すぎた。

服を脱いですぐのヒナの体は、ソープランド特有の安っぽいローションの匂いに包まれている。興奮に浮かびあがってくる汗が、その匂いを洗い流す。矢代の手指が乳房を揉み、尻を撫で、股間に指を這わせる段になると、甘ったるく匂う発情の汗と、股間から立ちのぼる獣じみた性臭によって、ヒナはソープ嬢からひとりの女に戻っていく。

「もっとして……気持ちよくして……」

童顔を蕩《とろ》けさせてねだるヒナはどこまでも淫らだった。矢代は苦手なクンニリングスを一生懸命行なった。ほんの数時間前に別の男のものを咥《くわ》えこんでいた場所だったが、嫌悪感などおくびにも見せてはいけない。薄桃色に輝く粘膜を丁寧に舐めまわし、花びらを口に含み、クリトリスを舌先で転がしていく。鼻の頭も口のまわりも、ヒナが漏らす分泌液でベトベトになるまで行なう。

居候にできる唯一の恩返し、という気分がまったくなかったとは言わない。

けれども、どうせ抱かねばならぬなら、他の男の匂いを自分の舌で清めてやろうと思った。結果的に、妻にも半ば嫌々行なっていたその愛撫に情熱を傾けることになり、日を追うごとに舐めている時間が長くなっていった。

「ねえ、もう欲しいよ……」

ヒナが大きな眼をねっとりと潤ませてねだってくる。矢代はうなずいて上体を起こし、ヒナの両脚をMの字に開いた。おしめを替えられる赤ん坊のような格好にして、両脚の間に腰をすべりこませていった。

男根は痛いくらいに勃起していた。はちきれんばかりだった。芯から硬くみなぎり、熱い先走り液を先端から噴きこぼして、女の肉を求めていた。

矢代は男根を握りしめると、涎《よだれ》じみた先走り液をなすりつけるようにして、亀頭で女の割れ目をなぞっていく。発情のエキスにまみれた花びらを左右に開きながら、男根を突き立てるべき場所を探す。

「んんっ……んんんっ……」

粘膜をこすられる刺激に、ヒナは身をよじって悶える。ソープの個室ではおそらくそうではないのだろうが、矢代との性交で彼女はほとんど受け身だった。フェラチオすら、みずから望んではしてこない。

けれども、矢代にはそれで充分だった。キスをして体をまさぐってクンニを施し正常位で合体するという、ごく月並みで工夫のない流れにもかかわらず、自分でも驚くほど欲望が高まっていく。

猛り勃つ男根で両脚の間を貫けば、どうなるかわかっているからだ。

「……いくよ」

息を呑んで腰を前に送りだした。幾重にも重なった柔らかい肉ひだが、熱く潤みながら男根を迎えいれてくれる。肉ひだの一枚一枚が淫らにざわめき、吸いついてきながら、包みこんでくる。

「あああっ！」

ヒナが腕の中でのけぞる。矢代はその体をしっかりと抱きしめて、奥へ奥へと進んでいく。ヒナは胸のふくらみは豊満だが、全体的には細くて華奢な体つきをしていた。背丈も小柄なほうだし、有り体《ありてい》に言って抱き心地がいいサイズだった。みなぎる男根で女の体を縦に貫いていくことを、生々しく実感できる。

「……んんんっ！」

根元まで埋めこむと、ヒナは口づけを求めてきた。矢代は応えた。お互い、いきなり腰を動かしたりはしない。舌をからめあい、素肌をまさぐりあう。矢代はヒナを深々と貫いたままの状態で、たわわな乳房を揉みしだき、その先端に咲いたピンク色の乳首を吸う。悶《もだ》えるヒナを責めたてる。

そして、お互いに我慢できるまで我慢してから、ようやく腰を動かしあうのだ。密着した肉と肉が、我慢することによってひときわ敏感になり、ヒナは最初のひと突きで甲高い悲鳴をあげる。矢代が喜悦のうめき声をもらしてしまうこともある。

律動に至るそのじりじりした流れは、ヒナが教えてくれたことだった。

といっても、言葉で教えてくれたわけではない。気持ちのいいセックスをするためには、そういうふうにしたほうがいいのだと、抱くほどに矢代は全身で理解していった。話をしているといささか知性が足りない彼女だが、セックスにおける語彙《ごい》の豊かさは舌を巻くほどだった。

大人のオモチャを使うとか、SMふうの演出を取り入れるとか、潮を噴かせる秘密のテクニックだとか、そういった類《たぐい》の話ではない。

ただ体を重ね、リズムを共有していくなかで、相手を高め、自分も高まっていく術《すべ》に長《た》けているのだ。言葉も道具もいらない。ただヒナと呼吸を合わせ、動きを一致させれば、たまらない愉悦《ゆえつ》の海に溺れられた。

さらに一段ギアがあがれば、お互いに高まっては焦《じ》らし、焦らしては高まるという、駆《か》け引きが始まる。快楽のリズムは寄せては返すさざ波のように繰りかえされ、ふたりは大河に漂う小船となって桃源郷《とうげんきょう》へといざなわれていく。

矢代は驚嘆しながら認めざるを得なかった。ヒナはすごい。素晴らしい。四十年近く生きてきたくせに、セックスがこれほど豊かな味わいにあふれていたことを、まったくわかっていなかった。

「ああんっ、いいいっ！　気持ちいいいっ……」

ヒナが全身をくねらせながらしがみついてくる。矢代も息をはずませて抱きしめる。さながら二匹の蛇《へび》のように体をからませあって、したたかに腰を振りあう。肌と肌がこすれあい、凹凸《おうとつ》が嚙《か》みあった肉と肉はそれ以上密着できないところまで密着して、競うようにして恍惚の予感に震えだす。

「……おおおっ！」

矢代が煮えたぎる男の精を噴射すると、ヒナの体もビクンと跳ねた。甲高い悲鳴を振りまいて、五体の肉という肉を歓喜に痙攣《けいれん》させた。矢代の背中に爪を食いこませ、どこまでも痛切にオルガスムスに昇りつめていった。

呼吸を整えるだけの時間が過ぎていく。

すべてが死に絶えたような静寂を感じるのは、先ほどまで四畳半の狭い部屋を満たしていた、獣じみた歓喜の悲鳴と荒ぶる呼吸のせいに違いない。

「……すごいよかった」

ヒナが身を寄せてきてささやいた。

「なんか……どんどんよくなっていくみたい。おかしくなっちゃいそうだった」

汗ばんだ肌と肌がぬるりとすべり、発情によって甘酸っぱくなった吐息が矢代の鼻先で揺らいだ。まぶしげに細めた瞳が潤みきって、可愛らしい童顔に似合わないほどエロティックだった。

矢代はヒナの唇にキスを与え、汗ばんだ黒髪を撫でた。

蕩《とろ》けるようなひとときだった。

身も心も、甘い香りのする温かい湯に浸っているような感じだった。

世間とは隔絶されたボロアパートで、このまま彼女に養ってもらい、朽《く》ち果てるまで愉悦だけをむさぼって生きていこうか――そんな暗い欲望が頭をもたげてくる。

むろん、世間に顔向けができない人生になってしまうだろう。それでも、一度は自殺まで考えたのだから、いまさら世間体を気にし、自堕落や退廃を忌《い》み嫌うことに、いったいなんの意味があるのだろうか。

このままヒナと暮らしていく生活が、たまらなく魅惑的に思えてしかたがなかった。彼女が金次第でどんな男にも体を許す女であるとわかっていてなお、そうだった。ドロドロした熱い欲情を吐きだしたばかりのいまは、とくに……。

けれども、どこまでも甘美な射精の余韻《よいん》に、ざらりとした違和感が含まれているのも、また事実と言わねばなるまい。

ヒナの手放しのやさしさが不安を駆りたてた。

「おまえさあ……」

口づけをねだってくるヒナに、矢代はささやいた。

「どうしてそんなにやさしくしてくれるわけ？　俺みたいな……自殺し損ねて、金も社会的立場も失くした男に……こんなさ……」

「どうしてって言われても……」

ヒナは潤んだ瞳をくるりとまわした。

「同情か？」

矢代はまだ熱く火照っているヒナの頬を手のひらに包んだ。

「俺のみじめな境遇に、同情してくれてるのか？」

「そりゃあ、最初はそういうところもあったけど……」

ヒナは気まずげに何度も瞬《まばた》きし、

「でも、いまは違うよ。家に帰ってきて灯りがついてるとすごく嬉しいし、セックスだって気持ちいいし……好きになっちゃったっていうか……」

「ホントかよ？」

矢代が懐疑的な眼つきで顔をのぞきこむと、

「ホントよ！」

ヒナはむきになって唇を尖らせた。

「だって、その、なんていうのかな……矢代さんって、母性本能をくすぐるタイプなのよ。尽くしてあげたくなっちゃうの。そういうのって愛じゃない？　恋に落ちちゃったって感じしない？」

「母性本能ね……」

矢代は苦笑した。

「そんなこと女に言われたの、初めてだぜ」

セックスにおける肉体言語は豊かでも、ヒナは言葉の使い方がなってない。母性本能をくすぐるということは、つまるところ同情しているのだ。

ソープランドで彼女を初めて抱いたあと、朝鮮料理屋で偶然顔を合わせたときのことを思いだす。

　酔った勢いで自殺を思いたった顚末をぶちまけた矢代に対し、ヒナは「可哀相」と言いながら泣きじゃくった。あれは掛け値なしに同情だろう。百歩譲って、同情から発する愛があったとしても、矢代はそういう愛に慣れてなかった。ひとりでは生きていけない赤ん坊のように、あるいは、道端で餌を求めて鳴いている捨て猫や捨て犬のように、生活のすべてを相手に委ねてしまうには、プライドが高すぎた。こういう状況に陥りながら、男としての誇りや矜持《きょうじ》をもちだすことなど滑稽だとわかっていながら、彼女の母性本能にすがりついて生きていくことはできそうにない。

「ねえねえ、矢代さんは？」

　ヒナが顔をのぞきこんでくる。

「わたしのこと好きになった？　こんなボロアパートに住んでるソープ嬢だけどさ、ちょっとは可愛いところあるな、とか思っちゃったりする？　べつに好きじゃないなら出ていってとか言わないから、本当のこと教えて」

「それは……」

　矢代は口籠《くちご》もった。好きだと答えても、好きじゃないと答えても、嘘になりそうだった。行動で裏づけられない言葉は嘘であり、いまはどんな態度も示せそうにない。このままヒナと一緒に暮らし、自堕落に生きていくのも悪くないと思いつつも、ソープ嬢のヒモなんて男の風上にも置けない、唾棄すべき生き方だと糾弾するもうひとりの自分がいる。

「それは……なんていうか……俺はいま……」

矢代が言い訳じみた言葉を継ごうとすると、

「待って」

ヒナは矢代の口を手で塞《ふさ》いだ。

「やっぱ言わなくていい……矢代さん、約束守って毎晩抱いてくれるから、それだけで……だってさ、好きじゃなかったら、毎晩同じ女を抱けないと思うし……少なくとも嫌いじゃないから、抱いてくれるんだと思うし……最初に抱かれたときより……お店に来たときより、いまのほうがずっとずっとやさしいやり方で抱いてくれるし……」

言葉を重ねるほどに泣き笑いのような顔になっていくヒナを見ているとせつなくなり、矢代は抱きしめようとしたが、そのとき――。

ガチャンッ、と隣室でなにかが割れ、大倉の怒声がはじけた。

「しらばっくれるのもいい加減にしろよ！　テメエに男いんのわかってんだよ！　ちげえのか？　あの客と寝てねえのか？　だったらこの着信なんなんだよ、コラッ！」

棚が倒れるような音が響き、レイコの悲鳴があがる。壁になにかがドンッとぶつかった。大倉が暴れていることは間違いなかった。もしかするとレイコにまで暴力を振るっているかもしれない。

「怖いからやめて」

矢代が立ちあがろうとすると、ヒナは腕にしがみついて首を振った。

「でも、とめなきゃまずいだろ」

「大丈夫よ、いつものことだし。レイコちゃんには絶対手をあげないから」

「そうなのか？」

「そうよ。食べさせてもらってるんだから当たり前じゃない」

ヒナは苦々しい顔で吐き捨て、

「それに、大倉さんってキレると超ヤバいから、とめに行ったってとばっちり受けるだけだもん」

「ヤバいって？」

「前に下に住んでる人がとめに行って、ボコボコにされちゃったの。示談金ものすごく払ったみたいって、大家さんが言ってた」

「……そうか」

矢代は起きあがりかけた体を再び横たえ、溜息を呑みこんだ。どうやらレイコの借金は、売り掛けの客に逃げられただけではないらしい。

「どうなんだよ、おいっ！　寝たなら寝たってはっきり言えよっ！」

大倉の怒声《どせい》が聞こえてくる。レイコの悲鳴がそれに続き、壁になにかがあたって砕ける。地獄のようだった。そうでなければどん底だ。這いあがることのできない焦燥感《しょうそうかん》が悪意を生みだす吹きだまりだ。

矢代はやりきれない気分で眼を閉じた。

射精の余韻が一瞬で覚め、ソープ嬢のヒモとして生きていこうなどという考えが、愚かで甘ったれたものであることに気づかされる。男のプライドがどうしたとか、自堕落に生きるのも悪くないとか、そんなことよりも前にこれが現実だった。そして未来だ。いまは蕩けるようなセックスに溺れているだけでよくても、やがては自分だって、誰とでも寝るヒナの生業《なりわい》に苛立ち、暴れだしてしまうかもしれない。身をよじるような嫉妬と自己嫌悪によって、人間性を失ってしまう可能性がないとは言えない。

隣室から聞こえる物音や怒声は延々と続き、ヒナが「怖いよ、怖いよ」と腕にしがみついていつまでも離れなかった。

第三章　好きな人

昼下がりの商店街はどこか茫洋《ぼうよう》としてつかみ所がなかった。

商売をする気がないのか、まだ客が来ないことを見切っているのか、店先に店員の姿がない店も多く、肉屋の揚げ物コーナーは空っぽで、八百屋の売り台には売れ残りのバナナしか並んでいない。

最近できたばかりだという百円ショップも、似たような有様だった。

矢代とヒナが店に入っていっても、パートらしきおばさんは丸椅子にどっしりと尻をのせたまま、レジの下に置かれたテレビを見ていた。「いらっしゃいませ」すら言わず、お昼の連続ドラマに夢中だった。

「ねえねえ、これがいいよ。超カワイイ！」

　ヒナは棚に並んだグラスを手にして、はしゃいだ声をあげた。異常にテンションが高いのは、ふたりで連れだって買い物をするのが初めてだったからだろう。毎日の食材を買っておくのは、ヒモである矢代の仕事だからだ。買い求めるものが揃いの食器というのも、機嫌がいい理由かもしれない。

「ねえ、いいでしょ、これで」

「うーん、いいかね？」

　矢代は苦笑して首をかしげた。ヒナが手にしているのは、黄色いヒヨコの絵が入った子供じみたグラスで、グラスというよりコップと呼んだほうがよさそうなものだった。

「そんなままごとみたいなやつ、酒がまずくなりそうだよ」

「そうかな。わたしこれがいいな」

「実はさ……」

　矢代はズボンのポケットから千円札を数枚出した。

「おまえから毎日もらってる食事代、ちょっと余ってるんだ。これでもうちょっといいやつ買おうぜ。百円ショップじゃなくても、そこに普通の瀬戸物屋があったじゃないか」

「……へそくりしてたんだ？」

　じっとりした上目遣いで見られ、矢代はバツ悪げに笑った。

「へそくりってほどじゃないだろ。少し残しておかないとたまに足りなくなる場合があるんだよ。酒買うときとか……」

「ま、いいけど」

ヒナは悪戯っぽく澄ました顔をつくり、

「でも、コップはこれがいい。お金出して高いもの買えばいいってもんじゃないもん。安くたって気に入ったやつがいいもん」

「……そうか」

矢代はしかたなくうなずいた。ヒナの意見は正しかった。問題は矢代がヒヨコのコップをまったく気に入らないという点だが、スポンサーの意向には逆らえない。

（しかし、ヒヨコか……）

買い物かごにヒナから受けとったグラスを入れつつ、内心で溜息がもれる。

昔から不思議に思っていたことがある。女の子はなぜ、自分に似た動物のキャラクターが好きなのだろう？　高校生のころ、吊り眼の学級委員長はキツネのイラストが入ったノートを使っていたし、小太りの子はピンクの豚のぬいぐるみを鞄にぶらさげていた。どちらも他人から似ていると指摘されれば怒りだしそうなものなのに、どうしてそういうことをするのだろう、と。

ヒナはヒヨコに似ているだろうか？

小柄で童顔だし、年のわりには子供っぽいし、似ていると言えなくもないが、それ以上に名前と関わりがあるのかもしれない。本名は聞いていないけれど、名字か名前にヒナという言葉が入っていれば合点がいく。雛形《ひながた》とか、日向子《ひなこ》とか……。矢代はヒナのプライヴェートをなにも知らなかった。詮索する気になれないのは、知るのが怖いと本能で察しているからだろうか。

「矢代さん、ちょっと来てーっ！」

店の奥でヒナが大声をあげ、あわてててそちらに向かった。

「ねえねえ、これすごくない？　これも百円なんだよ？　びっくりしちゃった」

ヒナが手にしていたのはバドミントンのラケットだった。見るからに安っぽいつくりだったが、たしかに百円は破格に安い。ヒナは矢代の持っている買い物かごに、ラケット二本とシャトルを入れ、

「へそくりで買って」

鬼の首を取ったような顔で言った。

「買うのはいいけど……」

矢代の頰はひきつった。

「まさかやるのか、バドミントン？」

ヒナは当然という顔でうなずき、

「たまには太陽の下で汗かいたほうが健康的でしょ、今日はせっかくの休みなんだし」

矢代の背中を押してレジに向かった。


河原の高い空は秋晴れに青く染まり、スポーツ日和《びより》と言ってよかった。

時折強い川風が吹くが、バドミントンができないほどではない。

矢代とヒナはだだっ広い河川敷を占領して、ラケットを握りしめた。

あまり乗り気ではなかったけれど、誰も見ていないなら多少下手でも恥ずかしくないだろうと、矢代は青い空に白いシャトルを打ちあげた。

ヒナが追いかけてラケットを振る。

空振りだった。

「おいおい。パンツ見えてるぞ……」

矢代は笑いながらもう一度サーブした。

最初の空振りは偶然ではなかった。

四十路《よそじ》も間近な矢代の動きも鈍かったけれど、ヒナは絵に描いたような運動音痴で、いくら絶好球を打ってやっても、ラケットにシャトルをあてることができない。「えいっ、えいっ」と素《す》っ頓狂《とんきょう》な声をあげながら、けれどもすべて空振りでラリーは続かず、まるでミニスカートから股間に食いこんだショーツをのぞかせるためにラケットを振っているような有様だった。

「いったいなんなんだよ、おまえは……」

矢代は呆れた顔で言った。

「まさか、やったこともないのにラケット買ったのか」

「おかしいな。もうちょっとできると思ったんだけどな」

ヒナは手の甲で額の汗を拭いつつ素振りをした。

「おまえがサーブしてみろよ」

「そうだね。サーブならあたるよ、絶対」

言い終わった直後にあて損なった。下から思いきりすくいあげたラケットは空を切り、バランスを崩してジャリの上で転んでしまう。危なっかしくて見ていられない。

「おいおい、大丈夫かよ」

矢代は溜息まじりに近づいていった。

「痛いよ、お尻ぶつけた……」

ヒナは泣きそうな顔で、尻をさすりながら立ちあがった。川風でめくれあがりそうなミニスカートをラケットで押さえつつ、へっぴり腰で尻をさする様子が、吹きだしてしまいそうなほどおかしい。

「もうやめとこうぜ。おまえ、体が資本の商売だろ」

矢代は笑うのをこらえながら言った。

膝小僧をすりむいたりしたら、ソープの仕事に支障が出るだろう。バンドエイドや包帯に興奮するのは、特殊な趣味の持ち主だ。

「やめない。もうちょっと頑張る」

「どうしてだよ。だいたい、なんでバドミントンなんてしようと思ったんだ？　百円で買えたからか？」

「違うの」

ヒナはせつなげに眉根を寄せて首を振り、

「たまにここでバドミントンやってるカップルがいるの。カップルっていうか夫婦？　おじいさんとおばあさんなんだけど、うまくて。いいなあ、わたしもやりたいなあ、って見るたびに、わたし……」

言葉を途中で切ったのは、ちょうどそのとき、ラケットを持ったふたり組がその場にやってきたからだった。

ヒナの顔色から察するに、いま話題に出てきた夫婦らしい。ゆうに還暦を超えていそうな老夫婦だった。矢代とヒナがラケットを持っていることに気づくと、老夫婦は同好の士だと思ったらしく、こちらに会釈してからラリーを始めた。

年齢を感じさせないラケットさばきだった。スパーン、スパーン、といい音を鳴らし、矢代とヒナがやっていたのと同じスポーツだとは思えないほど、シャトルが軽快に行き来する。

「……まだやるか?」

「……もういい」

ヒナはさすがに恥ずかしくなったらしく、すごすごと土手のほうに歩きだした。肩を並べて斜面に腰をおろし、川風にも負けず行き来するシャトルの行方をぼんやり眺める。

「うまいなあ。どうすればあんなふうにできるんだろうなあ」

ヒナは膝を抱えて深い溜息をついた。

「何事も一朝一夕にはいかないもんだよ」

矢代はニヤニヤしながらささやいた。ヒナは不思議な女で、しょげかえった横顔がとても可愛い。可愛いが、もっとしょげかえらせてやりたくなる。いじめを誘発するような雰囲気が、どこかにある。

「おまえ、子供のころ体育の成績いくつだった？」

「……2」

横顔を向けたまま唇を尖らせた。

「考えが甘すぎるんだよ。あの人たち、きっともう何年も夫婦でバドミントンやってるね。その積み重ねが、あのラリーさ。体育2の女が百円ショップでラケット買ってきて、いきなりできるわけないじゃないか。努力なくして天才なしだよ」

「……わたしもできるかなあ」

「コツコツ練習すればな」

「一緒にしてくれる？」

「えっ……」

「あんなふうにうまくできるまで、一緒に……」

上目遣いでじっとりと見つめられ、矢代は息を呑んだ。

とんだ藪蛇《やぶへび》だったらしい。

ヒナはずっと一緒にいたいということを伝えたいがために、慣れないバドミントンをやろうなどと言いだしたようだった。ソープ嬢のくせに純情というか、ナイーブすぎるというか、おかしな女だ。

しかし、悪い気分ではなかった。矢代の胸が熱くなったことも、また事実だった。眼の前の老夫婦の領域に達するまでは何年かかるかわからないけれど、ヒナと毎日ここでバドミントンをする生活は悪くない。

けれども、矢代は昨夜、決めたばかりだった。

隣室から届く大倉の怒声を聞きながら、未来に対してある重要な決断をした。

その決断をヒナに伝える、いい機会なのかもしれなかった。

「俺……おまえにはすごく感謝してるよ……」

ヒナは祈るような表情で矢代を見つめている。

「おまえを抱いたから自殺を思いとどまったし、その後も居候させてもらって、ありがたいというかなんというか……」

「いいのよ、そんなこと」

「でもな、ずっと一緒にはいられない」

「……えっ？」

大きな眼が哀しみに歪んだ。

「実は俺……決めたんだ。前からおぼろげには考えていたことなんだけど……」

行き交うシャトルを眼で追いながら、矢代は言葉を継いだ。

「離婚した女房を取り戻そうって……いやね、まだ惚れてるとか、どうしても忘れられないほど愛してるって話じゃないんだ。そうじゃなくてさ、寝取られた女を寝取られたままにしておいたら、男としてもうおしまいだって思わないか？　だから、もう一度事業を興して、今度こそ成功して、金ができたら……女房を迎えにいく……。何年かかるかわかんないけど、それをひとまずの目標にしようって、決めたんだ……」

シャトルが地面に落ちた。おじいさんのほうが笑顔でシャトルを拾って、おばあさんに向かって打つ。再びラリーが始まる。

いい夫婦だった。

けれども、あのふたりにしても、それまで全く波風のない人生を過ごしてきたわけではあるまい。夫婦にしかわからない困難を乗り越え、涙を呑んだり、歯を食いしばったりしながら、あの年までようやく辿りついたのだろう。

「だから……おまえのところで、これ以上世話になるわけには……」

「わたしっ！」

ヒナがぎゅっと手を握ってきた。

「いまの話、感動した！　素敵だよ。取られた奥さん取り戻すなんて……」

矢代は思わずのけぞった。まるでスポ根漫画のヒロインさながらに、瞳に炎を燃やしているようなヒナの表情にのけぞったのだ。わざとらしいというかなんというか、人が真面目に話しているのに、呆れて笑うしかないようなリアクションだ。

「感動したって、おまえ……」

「感動したから、わたし応援する。矢代さんの夢。矢代さんが奥さんを取り返せるように、協力してあげる」

「協力？」

「だって、矢代さんいまうちから出ていったって、仕事もないし、寝るところもないでしょう？　お金が貯まるまでうちにいればいいじゃない」

手を握る力が強まる。小さな手にびっしょり汗をかいている。

「わたしのことなら気にしないでいいから。部屋に誰かが待っててくれると、それだけで帰ってくるのが嬉しいから。そのうちいなくなっちゃう腰掛けの男だって、一緒にいてくれる間は幸せだし……ね、そうして。奥さん迎えにいけるようになるまで、生活の心配はしないでいいから、わたしのところに……」

ヒナの言葉はどこまでもけなげで、切実で、そして激しかった。激しさの裏側にある淋しさが透けて見えた。ソープ嬢という職業柄のせいかどうかわからないが、失笑を誘うような子供じみた振る舞いの奥に、凍てつくような淋しさが感じられた。矢代に対する愛情というよりも、ひとりで生きていくことに恐怖しているような淋しさだ。

　矢代は握られた手を振り払うことができなかった。


　数日後、矢代は久しぶりに電車に乗った。

　ヒナの部屋に居候をするようになってから初めてだった。いずれそういう日が来るだろうと漠然《ばくぜん》と予期していたが、これほど早いとは思わなかった。なにしろ自殺を決意するまでに追いつめられ、すべてを捨てて行方をくらましたのだから、かつての知りあいの前に顔を出すのは勇気がいる。

　それでもなにかをせずにはいられなかった。

　人間、落ちるところまで落ちてみれば、自然と這いあがるようにできているのかもしれない。ヒナの厚意に甘えて居候は続けることにしたものの、ただ甘えつづけているだけではいけない。まだわずかに残っている男のプライドが朽ち果て、未来に待っているのは地獄だけとわかっていながら、自堕落な生活に淫してしまうかもしれなかった。

　向かった先は埼玉だった。

　かつては工業地帯として名を馳《は》せたその土地も、いまではタワーマンションが建ち並び、すっかり東京で働く者たちのベッドタウンになっている。昭和の時代にフル稼働していた大工場もいまはなく、跡地の大半が倉庫になって、商品にとってもベッドタウンの様相を呈していた。

タクシー代を節約して、駅前からバスに乗った。なにしろヒモの分際では、ポケットに入っているのはヒナが「食事代」として渡してくれる千円札が数枚だけ。

バスを降りると砂埃《すなぼこり》が眼に入った。広い道路を唸《うな》りをあげて走る大型トラックと、塀《へい》に囲まれた大規模倉庫。コンクリートとアスファルトだけが織りなす、荒涼とした景色がどこまでもひろがっている。大規模倉庫の裏手は悪臭漂う運河になっていた。目的の場所はその運河沿いにある、「清川《きよかわ》印刷」という小さな印刷工場だった。

脂じみた金属製の引き戸を開けて中に入っていく。印刷機を操作している職人が、矢代の顔を見て驚愕《きょうがく》に眼を見開いた。矢代は適当に会釈《えしゃく》し、奥の事務所に進んだ。

「……おいっ」

事務所に入っていくと、険しい表情で帳簿を睨《にら》んでいた男がガタンと椅子を倒して立ちあがった。この工場の社長、清川芳郎《よしろう》だ。

「どうしたんだよ、突然……」

「幽霊じゃないですよ、ちゃんと足はついてますから」

矢代はおどけた調子で言ったが、清川は笑わなかった。元来が無口な男で、昔気質《むかしかたぎ》の親分肌。矢代の顔をまじまじと見ながらも、言葉を発しない。喉まで出かかっていることはあるはずなのに、すべてを呑みこんでいる。

清川とは古い付き合いだった。

矢代はかつて製薬会社の営業部に勤務していた。そこで全国の薬局薬店に配る小冊子をつくっていて、清川は印刷所の担当社員だった。小冊子の編集作業はプロダクションに任せていたし、年も矢代のほうが十も下だったが、お互い無類の酒好きだったことから、気の置けない仲になった。飲めば朝までだったし、時には翌日の昼まで飲んでいた。

清川が独立したのは、オーナー社長が急逝《きゅうせい》し、遺族が会社を整理することに決めたからだ。路頭に迷いそうな職人たちに泣きつかれ、新会社を設立するために奔走《ほんそう》していた清川に、矢代はずいぶんと力を貸した。

知りあいの不動産関係者に頼みこんでこの場所を格安で借りられるようにしたのも、銀行の融資担当者に顔を繋いだのも、弁護士や税理士を紹介したのも、すべて矢代だ。まだ真新しい印刷機を囲んで新会社の前途を祝したとき、「この恩は一生忘れない」と清川は男泣きに泣いていた。

しかし、矢代が倒産のピンチに瀕《ひん》したとき、連帯保証人にはなってはくれなかった。ひと言も言い訳せず、ただインクのシミのついたコンクリートに膝をつき、土下座《どげざ》した。一時間近く顔をあげなかった。

インターネットの普及に伴い、紙媒体の産業は疲弊していく一方で、清川印刷の取引先も倒産の噂《うわさ》が絶えない。出版社や雑誌社の経営不振は印刷業者を直撃する。今日の受注額は昨日の八掛け、明日はそのまた八掛けかもしれない。仕事がないよりはマシとはいえ、会社の体力は削られていくばかり。設備投資はもちろん、手に染みこんだインクを落とすための粉石鹸《せっけん》やトイレットペーパーや給湯室のお茶っ葉まで節約し、それでも足りずにボーナスの査定を見直す。いちばんとばっちりを受けるのが職人の子供らだとわかっていても、会社を守るために涙を呑むしかない。

清川の土下座には重みがあった。

矢代は連帯保証人のサインを諦め、そのかわり、いよいよ倒産が逃れられなくなった段階で、ひとつだけ頼み事をした。新製品として開発したまま市場に流していなかった在庫品を、預かってもらうことにしたのだ。

牡蠣《かき》肉エキスを主成分にした〈牡蠣元気〉という健康食品だった。研究開発会社にかなりの投資をしてできあがった絶対の自信作で、倒産のどさくさで処分されてしまうのは忍びなく、社員にも内緒で隠したのだ。

幸か不幸か、清川印刷の工場は業務拡張を視野に入れてかなり広いスペースを確保しており、けれども新しい機械を入れる余裕などどこにもなかったので、倉庫になってくれそうな部屋がいくつも余っていた。

「事業、再開の目処《めど》が立ったのかい？」

清川が工場の奥に案内してくれながら言った。

「いえ、まだそこまでは……」

矢代は首を振り、

「俺がここに来たこと、他言無用でお願いします」

「わかってるさ」

「自分でつくった健康食品でも飲んで、元気を出そうと思っただけですから」

「そうかい……」

清川は鍵穴に鍵を差しこみ部屋の扉を開けた。パレット三つ分、ダンボール箱にして約百箱の〈牡蠣元気〉が、厳重にビニールに包まれて保管されていた。

「ひとつ謝らなくちゃならねえんだが……」

清川は言いづらそうにつぶやいた。

「矢代さん、行方不明になっちまったって噂だったしさ。もうここに来ることもないだろうと思って、少しいただいちまった」

「このサプリメントを？」

「ああ、実はここんところ疲れが抜けなくてな。飲みすぎのせいもあるんだが、朝の起き抜けからぐったりしてる有様で……そういや、矢代さんが置いてった薬、疲れがとれるって言ってたじゃないかって……すまんことをした」

　清川は深々と頭をさげた。

「かまわないですよ、それくらい……」

　矢代はなんだか哀しくなってしまった。無断で商品に手を出されたからではない。一緒に朝まで飲み歩いていたころ、健啖《けんたん》家の彼の口癖《くちぐせ》は「体力は酒で養うもんだ」というもので、精力剤や健康食品など小馬鹿にしていたのだ。

「で、どうでした？　効き目のほうは」

　おずおずと訊ねると、

「いやね……それがすこぶるいいんだよ」

　再会して初めて、清川は相好《そうごう》を崩《くず》した。

「初めは半信半疑だったんだが、牡蠣肉エキスってのは効くね。飲む前に飲むと、翌日ほとんど酒が残らない。流行《はや》りのウコンなんかよりずっといい。飲みはじめて二週間ほどだが、なんとなく疲れにくくなってきたし……」

矢代は息を呑んで清川を見つめた。そういえば、以前より血色がよくなった気がする。安値のウコンを買うことすら節約し、行方不明の知人が残した効果もあやしいサプリメントに手を出すくらいだから、台所事情が好転したわけでもないだろう。とすれば、顔色がいい原因は〈牡蠣元気〉以外にはないということになる。

地獄の釜からの脱出口が、ほんのわずかだが見えた気がした。

サプリメント八十粒入りの瓶《びん》を五十、使い切り一回分の小袋を二百。〈牡蠣元気〉を紙袋に詰められるだけ詰めて、矢代はアパートに戻った。

もう夕暮れだった。高い空がオレンジ色に染まっていた。

矢代は居候中のヒナの部屋ではなく、その隣の大倉の部屋をノックした。建てつけの悪いドアをギギッと開けて、大倉が顔をのぞかせた。

「なんだ……矢代さんか」

昼寝でもしていたのか、いつもきちんと撫でつけられている髪が逆立《さかだ》っている。

「なんだとはご挨拶だな」

矢代は苦笑し、

「ちょっと話があるんだけど、時間あるかい？」

「なんすか？」

「仕事の話さ。儲け話って言ってもいい。手を貸してほしいんだ……いや、まずはアイデアだけでも聞いてほしいんだが……」

儲け話と聞いて、大倉の片眉がピクリと跳《は》ねる。

だが、矢代は話の途中で、部屋の奥にいる人影に気づいた。

「なんだ。レイコちゃん、まだ出勤前だったのか。じゃあ、またあとで銭湯でも……」

「いや、その……今日はあいつずっと部屋にいるし、俺もここから出られないから……あがってください。べつにあいつがいてもいいでしょう？」

隣家にあがるのは初めてだったので、矢代は一瞬躊躇《ちゆうちょ》したが、レイコがいるのはかえって好都合かもしれないと思い直し、

「じゃあ、ちょっとお邪魔する」

玄関で靴を脱いだ。

間取りは一緒でも、住んでいる人間が違うとこれほど部屋の印象は違うものなのか、と思った。畳の上にピンクのカーペットが敷きつめられ、カーテンは白いレース。ダブルベ

ッドの枕元にはぬいぐるみが鈴なりに置かれていて、チェストやソファやテーブルクロスのセンスも、ひと言で言えば少女じみた趣味にあふれていた。

もちろん、大倉のセンスではないだろう。クールというか無愛想というか、とても二十歳とは思えない落ち着きのあるレイコであるが、中身は年相応なのかもしれない。

「そのへん、適当に座ってください」

「ああ……」

ガラスのテーブルを挟み、斜《なな》めに向きあうような格好で、お互いにあぐらをかいた。レイコは少し離れた窓際で、片膝を抱えてぼんやりと夕焼けを眺めていた。

部屋着らしきスエットスーツに身を包み、メイクもしていなかったが、まるで映画のワンシーンを見ているようだった。金髪が夕陽を浴びてオレンジ色に輝き、肌の白さを際立たせている。ヒナも肌は白いが、ヒナがミルク色とすれば、レイコの肌には抜けるような透明感があった。虚《うつ》ろな眼つきが儚《はかな》ささえ感じさせるほど美しかった。

「どうも」

矢代は会釈したが、いつも通りに無視された。

「……大丈夫なのかい？　最近、毎晩派手に喧嘩《けんか》してるみたいだけど」

声をひそめて大倉に言うと、

「やっぱ聞こえちゃいましたか……」

大倉はふうっとひとつ溜息をつき、

「あいつの浮気疑惑、結局濡《ぬ》れ衣《ぎぬ》だったってわかったんですけどね。俺、好きだから……あいつにマジで惚《ほ》れてるから、頭にくるともうわけがわかんなくなっちゃって……」

「暴力はやめたほうがいいぞ」

部屋はファンシーに飾られていたが、壁の凹《へこ》みや、割れた窓ガラスを塞いだダンボールが痛々しかった。

「いや、まあ、……わかってますよ」

大倉はもう一度深い溜息をついてから、話を打ち切るようにパンと膝を叩いた。

「で、話っていうのは……」

「あ、うん……」

矢代は紙袋の中から〈牡蠣元気〉の瓶を取りだした。

「俺が前、健康食品の仕事をしてたって話はしたよね？」

「ええ」

「これ、まだ市場に流す前に会社が潰《つぶ》れちゃったんだけど、絶対の自信作なんだ」

「へええ、〈牡蠣元気〉……」

矢代の渡した瓶を手にし、大倉は能書きを読んだ。

「海のミルク、海のフルーツ、海の玄米……高品質牡蠣肉エキス配合……」

「牡蠣肉エキスっていうのは主に肝臓に効くんだ。だから、疲れがとれる。宿酔い防止にはウコンなんかよりずっと効く。亜鉛《あえん》もたっぷり入ってるから、男性機能にもな……」

「これを売ろうっていうわけすか？」

「そう。在庫が大量に余ってるからさ。俺に残された唯一の財産なんだ」

「でも……言っちゃ悪いすけど、売れなかったから会社潰れたんでしょ？」

「だから考えたんだ、売り方を……」

矢代は眼力をこめて大倉を見た。

「こういうのは通販で売っていくのがセオリーなんだけど、手売りで売ってみたらどうかってね。それも、ソープ嬢とかキャバクラ嬢とかが、客に勧めるんだよ。客も女の子に勧められたら無下《むげ》には断れない。サプリメントの効果はそれなりにあると思う。欲しくてもどこにも売ってないから、客はまた店に来るしかない。ソープ嬢やキャバ嬢にとっては営業にもなるし、一石二鳥ってわけさ」

「……なるほど」

大倉はうなずき、視線をレイコに走らせた。レイコは相変わらず夕焼けを眺めるばかりで、話を聞いている素振りはない。

「だから、俺に話をもってきたわけだ。あいつを巻きこむために……」

「まあね。それに彼女以外にもキャバ嬢の知りあいがいるだろ？　元黒服なんだから」

「そりゃ、まあ……」

「力を貸してくれないかな？　これ、本来は一袋五百円なんだけど……」

五粒入り、一回使いきりの小袋を渡す。

「超プレミア商品ってことにすれば、三千円でも売れると思う。薬局で売ってるいちばん高い強壮剤ドリンクがそれくらいだし、キャバクラで遊んでる客なんて、金銭感覚おかしくなってるじゃないか」

「じゃあ、こっちの瓶は？」

「三万から五万だな。ひと瓶でだいたい二週間ぶんだから、なくなるころには、また店に行きたくなる頃合いってわけだ」

「ちょっと待ってくださいよ」

大倉は手をあげて眼をつぶった。

「ひと瓶三万から五万ってことは……百本売れば三百万から五百万」

「そう。仕入れのコストも運転資金も必要ないから、丸儲けさ。うまくいけば、一千万や二千万つくるのに半年もかからないと思う」

「すげえ」

「ただし、あまり大々的にはできないがね。税務署に眼をつけられたくないし、なにより店には内緒でセールスしなけりゃならん」

「しかし、それだけあれば……」

眼を見開いた大倉の顔が、にわかに脂ぎった。

「俺は店の開業資金ができるし、矢代さんは会社再建の足がかりができる……」

「そういうことだ」

「なあ、レイコッ！」

大倉が膝を立てて声をあげたときだった。

隣の部屋のドアが開く音が聞こえたので、大倉はレイコから矢代に視線を移した。

「ヒナちゃん、帰ってきたんじゃないですか？」

「そうみたいだな」

矢代は首をかしげた。

「こんなに早く帰ってこないはずだけど……」

「いまの話、ヒナちゃんにも協力してもらうんですよね？」

「ああ、もちろん」

「だったら、呼んできましょうよ。四人で話したほうが早いでしょう」

「そうだな……」

矢代は腰をあげ、隣の部屋に向かった。


「それ、いいっ！　すごいっ！　グッドアイデアだよっ！」

話を聞いたヒナは眼を輝かせ、シンバルを持った猿のオモチャのように手を叩いた。

「ソープに来るお客さんって、意外にみんな疲れてるから、すぐ食いついてきそう。わたしの指名客でも、瓶買いしてくれそうな人が……五、六人はいると思う」

視線を泳がせ、指折り数える。その日帰りが早かったのは、「店がめちゃくちゃ暇すぎた」からだそうだ。「待ってるのも疲れるから帰ってきちゃった」と言っていたが、実際には店に帰されたのだろう。前にもそういうことが一度あった。

「たったの五、六人かあ……」

大倉は苦笑したが、

「いや、馬鹿にしたもんじゃないぞ」

矢代は諭すように言った。

「ひと瓶三万として、五人で十五万。ひと月に二本買ってくれるなら三十万だ。健康食品のいいところは、毎日続けて飲まなきゃいけないところだから、半年継続してもらえば百八十万。頑張って十人に増やせば三百六十万……」

「なるほど。まさに倍々ゲームだ」

「売り子になってくれる仲間を増やせば、あがりを折半《せっぱん》したとしても、さらに倍だ」

「でも……」

大倉は不敵に眼を輝かせた。

「売り子の本命はソープより、キャバですよね。色恋の駆け引きしてるキャバのほうがこういう商売には向いてますよ。買えば女の子の気が惹《ひ》けるんだから。肝臓に効くっていうのも、酒場のほうが関心高いだろうし」

「まあ、そうだな」

矢代はうなずいた。この話を大倉にもちかけた理由は、その意見に集約されていた。

「なあ、レイコ」

大倉が声をあげる。夕焼けはすでに終わりかけていたが、レイコはまだ窓の外を眺めていた。風に揺れる金髪とは裏腹に、横顔に感情の起伏はない。

「おまえいまの話どう思う?　っていうか協力してくれるだろ?」

レイコは答えない。

「協力してくれよ。もちろん、俺もどっかのキャバにもぐりこんで、売るからさ。早いとこ金稼いで、ふたりで店をやろうぜ。そうすりゃ全部うまくいくんだ」

「そうかなあ……」

レイコは横顔を向けたままつぶやいた。

「そんなにうまくいかないと思うけど……」

矢代は驚いた。言葉の内容にではなく、初めて聞いたレイコの声にだ。気高くも美しい容姿に不釣り合いなほど、甘ったるいハスキーヴォイスだった。

「どうしてだよ？　店をやればきっとうまくいくよ。俺がいつも側にいてやれば……その……焼き餅《もち》だって焼かなくなるじゃないかよ」

矢代とヒナの眼を気にしてか、大倉の言葉は後ろにいくほどか細くなっていった。

「そうじゃなくて……」

レイコは大倉が持っている〈牡蠣元気〉に視線を向けた。

「そういうの売れないと思う。飲みに来てるお客さん、興醒《きょうざ》めだよ。いちいち席でバッグから出してたら、黒服だってなんか言ってくるだろうし……」

「そんなことないだろ」

大倉は眼を吊りあげた。

「おっさんの客とか、よく病気自慢してるじゃないか。席で売ってて目立つなら、同伴のときに買わせるとか、いろいろ手はあるし……」

「だいたいね……」

レイコが大倉の言葉を遮《さえぎ》った。

「〈牡蠣元気〉って名前がイケてない。カッコ悪い。ダサすぎて人に勧めたくない」

「ネーミングだけの問題なら……」

矢代はたまらず言った。

「いずれは変更も可能だけど。でもとりあえずは、このままで売ったほうがいいと思うんだよ。ラベルを印刷するコストも節約できるし」

レイコは矢代を一瞥《いちべつ》もせず、大倉だけを見て、

「ダメだと思うなあ。精力剤とか健康食品なんて、わざわざお店の女の子から買わないって。そのへんのコンビニで売ってるんだから」

「そんなことさあっ！」

大倉が不愉快そうな怒声をあげた。

「やってみなくちゃわからねえじゃん。だいたいなんだよ、その態度。俺に対して怒って

るのはいいよ。浮気を疑って暴れたのは俺が悪かったよ。でもさあ、こうやって矢代さんが仕事の話もってきてくれてさあ……きっと矢代さんは、俺らの修羅場《しゅらば》を隣で聞いてて、いたたまれなくなって来てくれたんだよ。一緒にどん底から這いあがろうっていう、そういう友情みたいなものを俺は感じたよ。なのにおまえは……」

「……だって、ダメなものはダメだもの」

「なんだと！」

大倉が拳を振りあげたので、矢代とヒナはあわてててとめた。

「じゃあ言ってみろよ。どうすりゃダメじゃないんだよ。どうすりゃさっさとおまえの借金返し終わって、店の開業資金つくれんだって！」

矢代とヒナにふたりがかりでしがみつかれながらも、大倉は真っ赤な顔でレイコを怒鳴った。鬼の形相でふうふうと息を荒げていた。驚くべきことに、それでもレイコは顔色を変えず、

「……お金もってるのは、客じゃなくて女の子のほう」

うつむいたままポツリと言った。

「はあ？　なんだって？」

「客なんて女の子にお金引っ張られてキュウキュウだもの。でも女の子のほうは、ナンバ

ーに入ってない子だって、そのへんのサラリーマンの何倍も稼いでるじゃない」

「じゃあなにか？　〈牡蠣元気〉を女の子に売ればいいって、そう言いたいのか？」

「だから買わないってば、女の子はそんなダサイもの」

「ダサイって言うな！　矢代さんに悪いだろっ！」

大倉が怒鳴り、

「いや、まあ、ダサイならダサイでいいんだけど……」

矢代が間に入る。

「もし、もっとうまくいきそうなアイデアがあるなら教えてくれないかな？　こういう感じなら、女の子が食いついてきそうとか……」

「そうだよ。イチャモンつけるなら、テメエでいいアイデア出してみろよ」

レイコは金髪を掻《か》きあげ、しばし思案に耽《ふけ》ってから言った。

「たとえばだけど……夜仕事してる女の子って、ペット飼ってる子多いでしょ。犬とか猫とか。そういう子ってペットのこと溺愛《できあい》してるじゃない？　だからたとえば……ペットフードとか？　同じプレミア健康食品なら、人間向けのやつじゃなくて、犬猫向けのやつとかなら売れるんじゃないの？　みんな、やれトリミングだの、服だのキャリーバッグだの、馬鹿みたいにお金使ってるもん……」

矢代と大倉は顔を見合わせた。

悪くないアイデアだった。

「しかし、おまえってホント、ビビリだな……」

部屋に戻ってくると、矢代はヒナに言った。

「最初は手叩いてはしゃいでたくせに、レイコがしゃべりだしたら、言葉忘れたみたいに黙りっぱなしだったじゃないか」

「だってえ……」

ヒナは肩を落としてつぶやいた。

「あんなに若くて綺麗なのに……しっかりしてて敵《かな》わないよ……」

「まあ、俺もちょっとびっくりしたけどさ」

矢代は急に重たくなった〈牡蠣元気〉入りの紙袋を置き、畳に腰をおろした。

「キャバ嬢って、頭の回転もよくなきゃ務まんないのかもな。俺なんかより、ずっとビジネスセンスもありそうだし」

「ペットフード、やってみるの?」

ヒナも畳に膝をつき、身を寄せてくる。ピンク色のニットに包まれた体からは、珍しく安っぽいローションの匂いがしなかった。

「考えてみるよ。ただ、最初の資本がな……」

「わたし、ウレカナシイ」

ヒナがせつなげに眉根を寄せてつぶやく。

「んっ？　なんだい？」

「矢代さんが仕事する気になるくらい元気になってくれて嬉しい。でも、成功したら、ここから出ていっちゃうから哀しい」

「なんだよ。応援してくれるんじゃないのかよ」

矢代は苦笑しようとしたが、ヒナの表情があまりにも切実だったのでできなかった。

「あのな、よく考えてみろよ。金が入ってきたら、おまえだって借金きれいにしてソープから足を洗えるんだぜ」

「それは……そうだけど……」

ヒナは前髪を押さえてうつむいた。

「そうだけど……なんかずるい。もしお金儲けがうまくいっても、大倉さんはレイコちゃんとお店やるでしょ？　矢代さんは奥さんのこと迎えに行くでしょ？　わたしばっかり、ハッピーエンドじゃないじゃない」

畳に転がっていたバドミントンのシャトルを投げてくる。

「なんていうか……矢代さん、立ち直るの早すぎる。この前まで川に飛びこんで死んじゃおうと思ってたくせに。わたしのこと乱暴に抱きながら泣いたりしちゃってたくせに……たったの一カ月で前向きな感じになっちゃうなんてさあ」

「じゃあ、どれくらいならいいんだ？」

「わからないけど……一年とか」

「長いな。ずいぶん」

「だってわたし、情がわいちゃったもん。たったの一カ月しか一緒に住んでないけど、矢代さんに……」

ヒナの意見は支離滅裂《しりめつれつ》で、取り乱しているだけだった。

だが、悪いとは思わない。

金さえ入れれば、ヒナだって変わる。

ソープで働く必要がなくなるということは、ヒモを養うというどこか歪《ゆが》んだ心の支えも必要なくなるということなのだ。

過去を隠して小綺麗な格好をし、バイトや派遣で働けば、恋人だってすぐにできるに違いない。それなりに可愛い容姿をしているし、なによりソープで鍛《きた》えた床上手。ベッドで男を骨抜きにすることくらいわけもないはずで、玉の輿《こし》に乗ることだって夢ではない、と言ったらいささか大げさかもしれないけれど、あんがい、矢代や大倉やレイコよりも明るい未来が待っているのではないだろうか。

「ねえ、そういうのない？　一カ月も一緒に住んで、情とかわかない？」

ヒナが腕を取って揺すってくる。

「わくさ、そりゃあ」

矢代は間髪入れずに答えた。嘘ではなかった。だからこそ、できるだけ早くここを出ていかなければならないのだ。ヒナのやさしさは人工甘味料にも似て、甘いだけではなく毒がある。その毒がまわってしまう前に、決別しなければならない。

「前にも言ったけど、元のカミさんを取り戻すのはケジメなんだよ。好きだとか愛してるとか、そういうのはもう全然ないよ。でも、女房を寝取られたままますっこんでたら、男じゃないんだよ」

「……そうだね」

ヒナは立ちあがって、台所に向かった。冷蔵庫からミネラルウォーターを出し、背中を向けたままヒヨコのコップに注いで飲んだ。

「ごめんなさい……」

華奢な背中を震《ふる》わせてしおらしくつぶやく。

「矢代さん、そう言ってたもんね。わたし応援するって約束したもんね……わたし馬鹿だから、そういう大事なことすぐ忘れちゃう……」

だからせめて、一緒にいるときだけはたくさん愛してほしい——そんな女らしい情感が、背中越しに伝わってきたときだった。

「んんんっ……あああああっ……」

と隣の部屋からくぐもった女の声が聞こえてきた。

大倉とレイコが愛しあいはじめたらしい。

にわかに部屋のムードが気まずくなり、

「……ちょっと！」

ヒナは眼を吊りあげて振り返ると、脱兎《だつと》の勢いで矢代の側に戻ってきた。

「いま想像したでしょ？」

「えっ？」

「レイコちゃんがエッチしてるとこ、想像したでしょ？」

「いやべつに……」

矢代は首を横に振ったが、もちろん想像していた。高貴な猫のような美貌に、気怠《けだる》げな表情。甘ったるいハスキーヴォイス。あれほどの美女が丸裸に剝かれ、大倉に貫かれてあんあん悶えていると思うと、想像せずにはいられない。

「バンッ!」

ヒナが人差し指を胸にあてて叫んだ。

「……ううっ……や、やられた……」

一瞬遅れてしまったけれど、矢代はピストルで撃たれたふりをして、畳の上に仰向けに倒れた。ヒナはその上に馬乗りになって唇を尖らせ、

「想像しないで! 耳も塞《ふさ》いで!」

「なんなんだよ……」

矢代は言われた通りにしながら苦笑した。

「こんな壁の薄いアパートなんだからしようがないじゃないか。おまえがひいひいよがってる声だって、きっといつも隣に筒抜けだぜ」

「それはいいの。聞かれるのは全然恥ずかしくないもん。こんなに愛されてるんですよって、幸せを振りまいてるみたいで」

「向こうもそう思ってるんじゃないか?」

「わたしの声が聞かれるのはいいけど、レイコちゃんの声を矢代さんが聞くのはやなの」

「なんで？」

「だって……すごい美人じゃないの……若いし……」

矢代は笑った。ヒナは本当に馬鹿だが、本当に可愛い。言ってることは理不尽で、やってることは頭のネジが一本抜けてても、心根は純粋でまっすぐだ。

腕を首にまわし、下から抱き寄せた。

口づけをして、舌と舌とをからめあった。

こわばっていたヒナの体が、腕の中で柔らかくなっていく。

いつもなら、それが十分も二十分も続くはずだったが、ヒナはすぐに唇を離し、

「今日はわたしが気持ちよくさせてあげるね。お茶ひいちゃったから元気だし」

照れくさそうにつぶやいた。「お茶をひく」とは、ひとりも客がつかなかったという、ソープランドの業界用語だ。

「いいよ」

矢代は首を横に振り、ヒナの黒髪を撫でた。

「いつも通りでいい。あれで充分だ。すごく感じるから……」

「いいの、させて」

ヒナはかまわず矢代のシャツのボタンをはずしていった。馬乗りになったまま、上半身

をはだけさせてしまう。

「だって、エッチは……エッチだけはわたしのほうがきっとうまいし」

剝きだしになった乳首を、指でいじりながらささやく。

「レイコよりか？」

「そうよ、あの子はきっとマグロだもん」

「ひでえな」

矢代は笑った。

「それは勝手すぎる妄想だ」

「そんなことないですぅ。絶対マグロですぅ」

ヒナが唇を歪めた憎たらしい顔で応戦する。

「根拠を示せ」

「だって……」

憎たらしい顔がくしゃっと歪んだ。

「あんなに美人だったら、女を磨《みが》くチャンスがないもの。みーんな、男の人がやってくれちゃって」

眉根を寄せてつぶやくヒナは、いまにも泣きだしてしまいそうだった。矢代はもう一度下から抱きしめた。

「おまえだって、けっこう可愛いよ」

「……嘘ばっかり」

裸の胸で感じるヒナの顔は、熱く火照っていた。

「嘘じゃないよ。レイコは美人だけど、おまえは可愛い。可愛いところがたくさんある」

黒髪を撫でてやると、

「……もっと言って」

ヒナは甘えるように乳首に鼻をこすりつけてきた。

「もっと言ってくれたら……お客さんには絶対しない、ヒナスペシャルしてあげる」

「ハハッ、そりゃ楽しみだ」

矢代はヒナの黒髪を撫でた。ずいぶんと長い間、撫でていた。情がわいてしまいそうで怖かったが、やさしくすることをやめることができなかった。

矢代は奥の四畳半に布団を敷き、全裸の体を横たえた。服も下着も、すべてヒナによって脱がされてしまっていた。

ヒナはいつものように蛍光灯を橙色の豆球に変えると、自分も服を脱いだ。ニットにミニスカート、ブラジャーまではずして、矢代の上に馬乗りになってくる。

たわわなふくらみは見せていたが、珍しく下は穿《は》いたままだった。

ピンクベージュの地味なショーツを股間にぴっちりと食いこませた姿が、やけに生々しい色香を漂わせていて、矢代はペニスに硬い芯ができていくのを感じた。

「……ぅんんっ！」

ヒナが上から唇を重ねてくる。チュッ、チュッ、と音をたてて何度か唇を吸ってから舌を差しだし、上唇と下唇、そしてその合わせ目を丁寧に舐めてくる。

矢代は口を開いて、ヒナの舌を迎えいれた。

吐息と吐息をぶつけあいながら、舌をからめあい、吸いあう。

いつもの、矢代がヒナを横から抱き寄せ、顔を上にしてするキスとはなにかが違った。

ヒナの長い黒髪と、下に垂れているふたつの乳房が、体に触れるからだ。

シルクの手触りをもつ長い黒髪は、ヒナが頭を振って首筋や頬にもキスをしはじめると、まるで生き物のようにうねうねとうねって素肌を愛撫してきた。豊満な双乳はピンク色の先端をいやらしく尖らせて、胸板や脇腹をかすっていく。どこまで計算されたテクニックなのかはわからないが、触るか触らないかのフェザータッチを、それも他ならぬ乳首でされると、言いようのない快感に身震いが起きた。

首筋から胸元、そして乳首へと舌を這わせていくヒナの表情は真剣そのもので、いつもへらへらと馬鹿っぽい笑顔を浮かべている女と、同一人物とは思えなかった。

眉根を寄せて、眼を細めているときのほうがずっと顔立ちが端整に見えて、美人とさえ呼んでいい。いちばんとびきりの顔を情事のときにしか披露《ひろう》できないのは、女として幸せなのか不幸なのか、わからないけれど。

「ふふっ、勃ってきた」

矢代の乳首が米粒状に突起してくると、ヒナは嬉しそうに眼を細め、甘嚙みしてきた。歯の使い方が絶妙だった。硬い歯の感触と躍る舌先のハーモニーがたまらなく心地いい。

「それがヒナスペシャルかよ?」

矢代が身をよじりながら訊ねると、

「全然」

ヒナはびっくりしたように眼を丸くして首を横に振ったが、

「こんなのは……レギュラー……ですから……」

言葉は後ろにいくほど弱々しくなっていった。

いつもならこの時間、店の客に施しているサーヴィスなのだ。

そのことを指摘されたくないとばかりに、顔を伏せてひときわ熱心に舌を使ってきた。

四つん這いの体をじりじり後ろにさげていきながら、脇腹や臍《へそ》のまわりや、そんなところに性感帯はないだろうというところまで舐めまわしてくる。不思議なことに、ヒナに舐められるとどんなところでも敏感になって、矢代は身をよじってしまう。

「ぅんんっ……ぅんんんっ……」

ヒナは長い黒髪を揺らして舌と唇を使いながら、両脚で矢代の足を挟んできた。矢代の膝の下あたりに、ちょうど股間があたっている感じだ。女陰を包んでいるコットンの薄い生地が、熱く湿っているのが伝わってくる。

「なあ」

矢代は興奮に息をはずませながら訊ねた。

「どうしておまえ、今日に限ってパンツ穿いたままなの？」

「女の楽屋に興味もたないでください」

ヒナは下を向いたまま答えた。

「いいじゃないか、教えてくれたって」

「……もうぉ」

ヒナは顔をあげて憎々しげに唇を歪めた。

「自分で自分を焦《じ》らしてるんですぅ。なかなかパンツ脱がないほうが、もどかしくって興奮しちゃうから」

言いながら、ショーツに包まれた股間を矢代の脛《すね》にこすりつけてくる。柔らかな女の肉を、大胆なほどぐりぐりと押しつける。

「へええ」

矢代は感心した。たいしたものだと思った。百戦錬磨《ひやくせんれんま》のソープ嬢は、男の性感のポイントだけではなく、自分の性感のポイントも熟知しているものらしい。責め手にまわっていても、ショーツを脱いだときにはびしょ濡れ、というふうにしたいのだろう。感心すると同時にからかってやりたくもなったが、できなかった。

ヒナがいよいよ横向きの四つん這いになり、フェラチオをする体勢を整えたからだ。男根ははちきれんばかりにそそり勃ち、臍に向かって反り返っていた。

けれどもヒナはそれには触れず、まずは玉袋をやわやわと揉みしだいてきた。矢代の脚がVの字に開いていくと、敏感な内腿にキスの雨を降らしてきた。それから、ピンク色の舌を差しだし、ねっとりと這わせた。ぬるぬるした生温かい舌が、内腿から膝のほうに這っていき、膝小僧まで舐めまわされる。ヒナの唾液の分泌量は普通ではなく、下半身があっという間に唾液にまみれていく。

やがて舌は玉袋へ這ってきて裏筋を何度か舐めあげ、肛門にまで到達した。

矢代はくすぐったさに身をよじった。

くすぐったいうえに、クンニリングスを受ける女のような格好がひどく恥ずかしかったけれど、逃れることはできなかった。アヌスの皺《しわ》を舐めはじめると同時に、ヒナが男根の根元をそっと手指で包みこみ、しごきたててきたからだった。

肛門への刺激そのものはくすぐったくとも、同時にペニスをしごかれると、感覚が劇的に変化した。得体の知れない痛烈な快感が襲いかかってきて悶絶《もんぜつ》し、顔が火を噴きそうなほど熱くなっていく。

つるつるした舌先をすぼまりにねじりこまれると、声をもらしてしまいそうになった。まだ軽くしごかれているだけの男根から熱い先走り液が噴きこぼれ、それが包皮に流れこんでニチャニチャと音がたつ。

ヒナを見た。

瞼《まぶた》が半分落ちたトロンとした眼を矢代の顔に一瞬向けてから、右手でつかんでいる肉茎に視線を移す。サクランボのような唇を半開きにして、ツツーッ、ツツーッ、と唾液を垂らしてくる。ごく微量にもかかわらず、とろみのある唾液が亀頭に垂らされる感触はこの世のものとは思えないほどいやらしく、矢代の腰はビクンビクンと跳ねあがった。

「……ぅんぐっ！」

ヒナが大きく唇を開いて亀頭を頬張っていく。はちきれんばかりに膨張したものを、生温かい口内粘膜でぴったりと包みこんで、唇をスライドさせる。じゅるっ、じゅるるっ、といやらしすぎる音をたてて、唾液ごとペニスを吸いたててくる。そうしつつ、口の中でねちこっく舌を躍らせる。

「むむっ……おおおっ……」

矢代はもう、口からだらしない声がもれるのをこらえられなかった。身をよじりたくなるほど、恥ずかしかった。いつもは馬鹿にしているヒナにいいように手玉に取られている自分が、情けなくもあった。

しかし、そういった被虐的な感覚まで、ヒナの唇は包みこんで快楽に変える。

ぎゅっと眼をつぶると、眼尻に熱い涙が滲《にじ》んだ。

思い起こせば初めて会ったソープランドの個室で、矢代はヒナを乱暴に犯した。そうしながら声をあげずに慟哭《どうこく》した。けれども、いま眼尻を濡らしている涙は、そのときのものとは種類が違う。ただ耐え難い快感だけが、体を翻弄《ほんろう》し、歓喜の涙を絞りとっていく。あまりの気持ちよさに、早くも射精の前兆がやってきそうだ。

「……っんあっ！」

ヒナが口唇からペニスを吐きだした。愛撫の手もとめたので、矢代は全身を弛緩《しかん》させてハアハアと呼吸だけをはずませた。

「さ、さすがだな……」

フェラチオだけで射精寸前まで追いこまれたことが照れくさくて、軽口を叩く。

「さすがヒナスペシャル……たまんなかったよ……」

ヒナは答えずにショーツに手をかけた。唇の片端だけで不敵に笑っていた。まだまだ全然、こんなのはスペシャルじゃありませんとでも言いたげに、艶光りする黒い草むらを露《あら》わにすると、矢代の腰にまたがってきて両膝を立てた。

騎乗位で繋がるのは初めてだった。

ソープのときはバックだったし、一緒に住みはじめてからは正常位ばかりだ。めくるめくプロのテクニックが待っていた。

ヒナはいきなり結合しようとはせず、まずは反り返ったペニスの裏側に女の割れ目をあてがった。ショーツを脱がなかった効果は充分にあったようで、ぬるりとした感触がペニスの裏側に襲いかかってくる。ヒナはそのまま腰を前後に揺り動かした。ペニスのほうもフェラの唾液でぬるぬるの状態なので、よくすべる。股間の刺激にヒナの頬がひきつり、生々しいピンク色に上気していく。矢代の顔はもっと真っ赤に茹《ゆ》だっている。

「……んんっ」

ヒナが腰をひねり、ペニスの先を穴のある部分に導いていった。

そこからの展開が、またすごかった。ヒナは両脚を立てているので、アーモンドピンク色の花びらが亀頭に吸いついている様子が、矢代からはつぶさにうかがえる。ヒナは見せつけるようにして、股間をゆっくり上下させた。二枚の花びらがまるで唇のように動き、亀頭だけをチャプチャプと舐めしゃぶってくる。執拗なまでに、一分も二分もそれをつづける。獣じみた匂いのする発情のエキスがあふれ、血管の浮き立つ肉竿に蠟《ろう》のような跡を残して垂れ流れていく。

「むむむっ……」

矢代はいても立ってもいられなくなってきた。亀頭だけをぬるぬるした肉ひだで刺激され、あまりの興奮に全身から脂汗が噴きだしてくる。

「もう欲しい？」

ささやくヒナの眼は、ほとんど瞼が落ちてしまいそうだった。ぎりぎりの薄眼の奥で、黒い瞳を妖しいほどにねっとりと潤ませていた。

矢代はうなずいた。何度も顎を引いて結合を求めると、

「わたしも……」

ヒナは長い睫《まつ》毛《げ》をフルフルと震わせ、

「わたしも、矢代さんが欲しい」

ゆっくりと腰を落としてきた。濡れまみれたアーモンドピンクの花びらで、いきり勃つ男根を咥《くわ》えこんできた。根元まで呑みこむと立てていた両膝を前に倒し、矢代の腰を左右の太腿でぎゅっと挟みこんだ。

「んんんんんーっ！」

ヒナは結合の衝撃にうめきながら、くびれた腰をグラインドさせだす。お互いの陰毛をからみあわせるような、粘っこい動きだった。それがだんだんとテンポアップしてきて、股間を前後にしゃくるような動きになる。胸元で汗ばんだ双乳をはずませながら、性器と性器をしたたかにこすりあわせる。

矢代は下から手を伸ばして胸のふくらみを揉みしだいた。騎乗位で女に腰を使わせているとき、そんなことをするのが礼儀のように思えたからだが、すぐに手指はぞんざいな動きになっていった。ヒナの腰振りがあまりにも気持ちよくて、愛撫をすることなどどうでもよくなってしまったのだ。

「んんんっ……んんんんっ……あああああーっ！」

汗ばんだ体をリムズに乗せ、時には自分のつくったリズムを壊しながら腰を振りたてるヒナの姿は、ただいやらしいとしか言いようがなかった。本能などという安っぽい言葉をやすやすと超越してしまえるほど、男を奮い立たせる名人だった。盛《さか》るだけなら獣にでもできるけれど、ヒナは人間にしかないエロスの領域で舞い踊る。

たまらなかった。

矢代はまるで、愉悦の大海原《おおうなばら》を航海しているような気分でヒナを見上げていた。そそり勃った男根はマストだった。そしてヒナは、風でいっぱいにふくらんだ帆だ。大空に向かって両手をひろげ、飛び交う淫らな風を全身で受けとめて、そのエネルギーを余すことなくマストに伝えてくる。波を切って前進するのだと命じてくる。お互いが一体となって、甘い果実の実る新大陸を発見しようと誘いかけてくる。

矢代は怒濤《どとう》の波を受けていることに耐えきれなくなり、ヒナを抱き寄せた。唇を重ねて、舌をからめた。少しペースダウンしてほしかったのだが、ヒナにその意志はないようだった。舌を吸いあいながらも、ヒップをはずませて男根をしゃぶりたててきた。四つん這いに近い状態で矢代に覆い被さったことで、ヒップをはずませるスペースができたのだ。ヒナはそのスペースを絶妙に使い、女の割れ目で、ペニスの根元からカリまでを舐めるように出し入れさせた。一度半分以上抜かれてから、あらためて深々と結合されると、新鮮な快感に矢代の背中はきつく反り返った。

ヒナの締まりは強まっていく一方だった。

律動が続き、快感が高まるほどに食い締めが高まっていくのはいつものことだが、今日の締まりは尋常ではなかった。尋常ではなく密着して、一体感がすごい。

矢代のほうもいつもより大きく膨張しているのかもしれなかった。

ほとんど射精寸前のサイズになっている。

いや、実際に射精が近づいているのだ。

ヒナのペースに翻弄されているせいで、いつもより早かった。恥ずかしかったけれど、先送りする余裕もなく、仰向けの五体が小刻みに震えだす。

「も、もうダメだっ……」

矢代は震える声を絞りだし、下からきつくヒナを抱きしめた。

「もう出るっ……出るっ……おおおおおおーっ！」

雄叫《おたけ》びにも似た声をあげて、煮えたぎる欲望のエキスを噴射した。

ヒナは腰振りをやめなかった。もっと出してと言わんばかりに、したたかに性器をこすりあわせて男の精を絞りとった。いつもの倍近い回数の発作が起こっているのに、かかった時間は極端に短かった。もっとも、頭の中が真っ白になっていて、最後の一滴を漏らしおえるころには、時間の感覚などなくなっていたが……。

ヒナが結合をとき、腰からおりても、ほとんど呆然としていた。全身をピクピクと小刻みに痙攣させることしかできなかった。完全にノックアウトだ。このまま眠りにつけば朝まで深い眠りにつけるだろうと確信したが、それは叶わなかった。

ヒナがペニスを口で咥えてきたからだ。

お互いの分泌液でドロドロになったものを舐めしゃぶり、先端をチューッと痛烈に吸いたてた。

「おおうっ！」

矢代の腰は跳ねあがり、最後の一滴まで漏らしおえたと思っていた精が出た。絞りとられるような感じだった。ほんの微量にもかかわらず、尿道を駆け下る瞬間、体の芯に稲妻が走り抜けるような衝撃が訪れ、叫び声まであげてしまいそうだった。

「……ヒナスペシャル」

ヒナは喜色満面でつぶやいた。ソフトクリームを頬張った少女のように、唇についた白濁液をペロリと舐めると、

「これはあれよ、好きな人にしかしないんだから……」

悪戯っぽい上目遣いを向けてきたが、あまりにすごすぎて、矢代にはもう、苦笑を返すことすらできなかった。

第四章　華やかな獲物

ひとまず大成功と言っていいだろう。

レイコが発案したプレミアム・ペットフードの手売り販売は、二カ月も経たずに軌道に乗った。

矢代は昔のコネを必死に辿《たど》り、ようやくのことでペットフードをつくってくれる小さな工場を見つけだした。迷惑をかけた債権者を巧妙に避けながらだったので、骨の折れる作業だった。

しかし先方は、前金でなければ仕事を請けることができないという。矢代が前に会社を潰した話を、噂で耳に挟んでいたらしい。

金はなかった。

矢代と大倉には稼ぐ術すらなく、ヒナとレイコには借金があった。最小のロットでやれば二、三十万の話だったが、それっぽっちの金がどうして工面できなかった。

清川がアパートにふらりと姿を現わしたのは、そんなときだった。

「ずいぶん豪勢なところに住んでるんだな」

ギギッと音をたててベニヤ製のドアを開けると、清川が笑いながら立っていた。

「いや、まあ……」

矢代は驚く前に苦笑するしかなかった。昼間だったので、ヒナがいなかったことだけが不幸中の幸いだった。こんなボロアパート住まいのうえソープ嬢のヒモとくれば、清川も皮肉すら口にできなかっただろう。

「どうしてここが？」

清川には連絡先を教えていない。

「中井だよ」

ペットフードを頼もうとしている工場の社長だ。そちらにはさすがに教えていた。

「やつとはちょっとした知りあいでね。信用調査の電話がきた。矢代って男の仕事を請けても大丈夫かって」

清川が言い、矢代は息を呑んだ。

「それでなんて……」

「決まってる。現金前払い以外はやめたほうがいいって答えたさ。やつはなにもかも失くした男だ。ヤバい橋渡ろうとしてる可能性すらあるってな」

清川は楽しげに笑ったが、矢代は不快な気分になった。言っていることは間違っていないけれど、清川が工場を立ちあげるとき、ずいぶん協力したはずだった。少しは気をまわして、曖昧に答えてくれてもいいだろう。

「それで、いったいなんの用なんですか？　なにもかも失くした男に」

矢代は突き放すように言った。

「〈牡蠣元気〉、もう取りにこないのかい？」

清川はまだ笑っている。

「……いまのところは。邪魔になりましたか？　ヤバい橋渡ろうとしてる男の荷物を、これ以上預かっておけないって、そういうことですか？　清川さん、俺……」

「売ってくれ」

清川は遮《さえぎ》って言い、銀行の封筒に入った金を懐から出した。

「五十万入ってる。これで買えるだけ買わせてくれ」

「……清川さん」

矢代は呆然と立ち尽くした。清川が封筒を押しつけてきた拍子にドアノブから手を離してしまい、ベニヤの軽いドアが風に吹かれてバタンと壁にあたった。

「あんたに受けた恩、忘れたわけじゃないんだ。会社を潰させてしまったときも、申し訳ねえ気持ちでいっぱいだった。少なくて悪いけど、収めてくれ」

「いや、しかし……」

矢代は封筒を押し返した。

「清川さんのところだって楽じゃないでしょ。受けとれませんよ」

清川は照れくさそうに頭をかき、

「いいんだよ。〈牡蠣元気〉は本当に効くしな。うちの職人連中にも配ったら、俺と同じような感想を言ってた。みんな元気で働いてくれりゃあ、惜しくない金だ」

ふたりの間に、びゅうと風が吹きぬけていく。

「……ご厚意、甘えさせていただきます」

矢代は震える声で言い、深々と頭をさげた。唇を嚙みしめていないと、涙があふれてきそうだった。

その金を元手にペットフードをつくった。

もちろん画期的な新商品を開発することはできなかったので、ありものの材料を適当にミックスして、コストをぎりぎりまで下げた。

プレミアムと呼ぶにはお粗末すぎる中身だったし、包装もラベルが一枚貼られただけのものだったが、それが逆に本物志向の手づくり感覚という勘違いを誘って、キャバクラ嬢たちにウケたらしい。ほぼ一カ月ぶんに相当するひと袋が三万円という、べらぼうな高値をつけたにもかかわらず飛ぶように売れた。ブランド志向の彼女たちは、「いい物は高い」ではなく、「高いからいい物」と考えているようだった。

大倉がネットカフェのパソコンでつくってきた販売促進用のチラシをレイコに持たせて一週間後には、続々と注文が集まりだした。すぐにレイコひとりでは捌《さば》ききれなくなって同僚のキャバ嬢を三人、仲間に入れた。むろん、仲間には中身がインチキであることは伏せてあったが、売上げの一割バックで喜んで働いてくれた。

「まったく、濡れ手に粟《あわ》っていうのはこういうことを言うんですねえ」

大倉は、レイコが集めてきた注文票を眺めながら笑いがとまらないようだった。

なにしろ、工場に渡している製作コストはひと袋千円ほど。それを三万円で売っているのだから実に九割五分以上が利益なのだ。注文が殺到してからはさすがに気が咎めて材料費を倍にし、量販店で売っているものよりちょっとは「プレミアム」になるようにしたものの、それでも濡れ手に粟なのは変わらない。

「俺もまさかこれほどうまくいくとは思っていなかったよ」

矢代は大倉を見てうなずいた。

「レイコちゃんには完全に脱帽だ。俺なんかよりずっと商売のセンスがある」

「まあ、あいつは思いつきで言っただけでしょうけど……」

大倉は苦笑し、

「こんなに儲かるなら、矢代さん、本業にしちゃえばいいじゃないですか。健康食品なんかやめちゃって」

「いやあ、さすがにいまの形じゃ長くは続けられないよ」

あまり派手に稼ぎすぎると税務署に眼をつけられそうだし、商品のボロが出てしまえば警察だって黙っていないだろう。これはあくまで裏の仕事で、表の仕事に打って出る資本を稼ぐだけのものだと割りきって考えたほうがいい。できれば半年、長くても一年、というのが当初からの矢代の目算だった。

「それじゃあ、そろそろ行きますか」

大倉が腰をあげ、矢代もそれに続いた。アパートの前の空き地には、大倉がどこからか借りてきた古いワンボックスカーが停まっていた。ペットフードは、猫用も犬用もひと袋で三キロもある。複数の注文がある時は、クルマで六本木まで輸送していた。

深夜十二時近く、仕事を終えたキャバクラ嬢たちが、路地裏に停まったワンボックスカーに集い、終電の時間を気にしながらペットフードを抱えて帰る様は、一種異様な熱気に包まれていた。通りがかりの不良外国人が例外なく訝しげな視線を投げてきた。彼らの捌いている商品はイリーガルだが、こちらが扱う商品はそうではない。値段の付け方と商品表示がイリーガルすれすれなので、自慢できることでもないが。

とはいえ、栗色の巻き髪をした若い女の子たちはおしなべて満足そうで、

「この餌《えさ》いいですね。おかげでうちの子、とっても元気になりました」

と口々にお礼を言ってきた。

「餌のあげすぎには注意してね。あとは新鮮な水を絶やさないように」

そんなことを笑顔で平然と答えられる大倉は、詐欺師《さぎし》の才能がありそうだった。矢代はさすがに良心が咎め、愛想を振りまくことなどできなかった。

キャバクラ嬢にはたいへん好評なプレミアム・ペットフードだったが、一方のソープランドでは芳しくなかった。

ようやくふた袋売れただけで、それ以降もまったく動かない。

しかし、それもしかたがないだろうと、矢代は考えていた。

そもそも六本木にある大バコのキャバクラと、場末のソープランドでは店の規模がまっ

たく違う。女の子の在籍人数が十分の一以下ではないだろうか。人間関係も、キャバクラでは、同じ席につくとか、更衣室や客待ちの間のおしゃべりとか、アフターと呼ばれる店が終わったあとの付き合い等々、同じ店の女の子同士が仲よくなる機会は多い。

対してソープランドは基本的に個人プレイだ。ヒナの働いている店では、女の子はその日あてがわれた個室を一日中使うことになるので、部屋に籠《こ》もっていれば誰とも顔を合わせないでいられるらしい。むろん、誰とも顔を合わせたくない女の子がいるから、店の側が配慮しているのだ。共同の待機室に顔を出してもみな疲れきっていて、キャピキャピとガールズトークを繰りひろげているわけではないというから、ペットの餌の話を聞いてくれるムードでもないのだろう。

「……ただいま」

午前二時過ぎ、矢代はアパートの部屋に戻った。

ヒナはウイスキーを飲んでいた。炬燵《こたつ》に入ってだ。近ごろ夜がめっきり寒くなってきたので、数日前に掛け布団を出したのだ。やはり炬燵には布団が必要だった。骨組みだけだと貧相すぎて哀しくなる。

「まだ起きてたのか？」

矢代が炬燵の向かいに足をもぐりこませると、

「うん、ちょっと飲みたかったし」

ヒナは力なく笑った。

深夜、六本木にペットフードを届けるようになって、矢代はヒナの帰宅を迎えられなくなった。ソープの仕事を終えて帰ってくる彼女より、矢代のほうが帰りが遅い。

「ごはんは？」

「大倉くんと牛丼食ってきた。そっちは？」

「これ食べてる」

ヒナは籠《かご》に入った蜜柑《みかん》を顎《あご》で指して笑った。剝《む》かれた皮が山になっていた。ウイスキーのつまみが蜜柑とはいささかミスマッチだが、ヒナだとなぜか不自然な感じはしない。

「一個くれ」

矢代は籠から蜜柑を取り、皮を剝きながらヒナの様子をうかがった。

六本木で派手な髪型とメイクのキャバクラ嬢たちをたくさん見てきたからだろう、黒髪に童顔のヒナがとてもおとなしく見えた。地味でパッとしなかった。眉毛の薄いノーメイクによれた部屋着。何年も着こんで色落ちした黄色いスウェットシャツには、ただ生活感だけが漂っている。

なんだかせつなかった。

六本木のキャバクラ嬢たちは、基本的に贅沢《ぜいたく》をするために働いている。ブランドものの服、ブランドもののバッグ、キラキラしたアクセサリー、ホスト遊びに海外旅行、あるいは愛する犬猫のためのプレミアム・ペットフード。

なかには枕営業をしている子もいるだろうけれど、大半は体を売らないし、売ることを馬鹿にしている。一方のヒナは、一日何人もの男に抱かれてるのに、友達に裏切られて背負ってしまった借金を返済するため、稼ぎは右から左に消えていく。贅沢などなにひとつできず、むしろ理不尽なほど貧乏だ。

「……ごめんね」

ヒナが下を向いてつぶやいた。

「わたしだけ、なんか……戦力になれなくて」

しょげかえった顔が消えいりそうで、いつものようにからかったりいじめたりする気になれなかった。

「しかたないよ」

矢代は食べおえた蜜柑の皮を丸めて炬燵を出た。ヒナの背中を後ろから抱きしめるようにして、炬燵に入り直した。ヒナは小さな背中を縮ませた。

「ソープとキャバクラじゃ、横の繋がり方が全然違うんだから。女の子同士、あんまり仲よくないんだろう？」

「そんなことないんだけど……」

ヒナは首をかしげ、

「わたし、あのお店に仲のいい子もわりといるよ。だけど、みんなペットなんて飼ってなくて。興味もないって感じで……」

「……そうか」

「わたしだって、協力したいのに……矢代さんが早く事業興して、奥さん迎えにいけるように……協力するって……約束……したし……」

唇を嚙みしめ、大きな眼が潤んできたので、

「あのさあ……」

矢代は後ろからぎゅっと抱きしめて遮った。

「おまえもキャバクラで働いてみたらどうだ？　店からの手取りは少なくなるかもしれないけど、ペットフード売ればそれを補塡《ほてん》してお釣りがくるぜ」

それに体だって売らなくて済む、と言いたかったがやめておく。

「……ダメよ」

ヒナは力なく首を振った。

「わたし、キャバクラみたいなところ、向いてないもの。女の子同士でキャアキャア言ってるの苦手だし、マイペースだからまわりに絶対いじめられるし」

「やったことあるのか？」

「……ちょっとだけね」

ヒナは苦く笑い、

「新宿のお店だったけど、一週間も続かなかった。あのノリについていけなくて」

「……そうか」

矢代はそれ以上言葉を継げなかった。ヒナの言葉がもっともに聞こえたからだ。たしかに彼女は、キャバクラ嬢をやるには、垢抜《あかぬ》けていないというか、垢抜けようとする意志が欠如しているというか、同世代の女の子とうまくやっていけそうにない。

「わたし、もう寝る……」

ヒナはのそのそと体を動かし、矢代の腕の中から出た。

「明日わたし休みだから、ずっと一緒にいられるね」

「ああ」

「おやすみなさい」

「おやすみ」

意気消沈の体《てい》で四畳半に入っていくヒナを、矢代は苦い気分で見送った。

四人で始めたビジネスだから、最初は四人で儲けを均等割りするつもりだった。しかし、いまの状況だと、ヒナに分け前は与えられない。いちばんの功労者であるレイコにはいささか色をつけるにしろ、三等分が妥当な線だろう。このまま順調に半年、一年と稼ぐことができれば、それぞれの手元に少なくない金が残るに違いない。

ヒナだけが蚊帳《かや》の外になってしまうけれど、矢代は金が入ったらまず、ヒナの借金をきれいにしてやろうと考えていた。そうすることでケジメをつけたかった。

別れるケジメだ。

矢代がヒナより遅く帰ってくるという日々が続くと、居候の条件であった「毎日抱くこと」という決まりは、なし崩し的になくなってしまった。ヒナが先に寝ていることも多いし、起きていてもいまのように待ち疲れてしまっているから、体を求めあう雰囲気にならないのだ。

しかし、だからといって肉体関係そのものがなくなってしまったわけではない。

三日に一度、ヒナが店を休む日にはかならず体を重ねる。陽の高いうちから裸で抱きあうことも珍しくない。回数が減ったぶん、内容はむしろ濃くなっている感じだった。

あの日──ヒナがヒナスペシャルなる特別なやり方を披露した日以来、矢代はいままでに輪をかけて彼女との情事に魅せられるようになった。抱いて抱いてなお、底が見えないセックスの虜《とりこ》になってしまった。ありとあらゆる愛撫を試し、ありとあらゆる体位で繋がった。そのたびに新鮮な快感と、眼も眩《くら》むような恍惚を味わえた。

わたし馬鹿だから、がヒナの口癖だった。

否定するつもりはない。

一方で、ヒナの体は男を馬鹿にする体だった。

息をとめて動いて動いて、汗みどろになって達する射精は指先まで恍惚に満たされるほど峻烈《しゅんれつ》で、終わってしばらくは立ちあがることができない。精も根も尽き果ててしまう。いつまでも呼吸が整わず、心臓が口から飛びだしてしまいそうで怖くなる。セックスをして体に悪いんじゃないかと思ったことなど初めてで、身を削ってまで快楽を欲するという意味では、まさにドラッグそのものだった。

このままではいけなかった。

ヒナとの情事のあとには、いつだってひとつの未来が頭に浮かんでくる。この河原の街で、ヒナとふたり、底辺を彷徨《さまよ》う生活だ。世間から隔絶されたボロアパートで、肉欲だけをむさぼる毎日。末路は悲惨《ひさん》なものだろう。にもかかわらず、たまらなく甘美なことに思えてしまう。これほどの甘美を手放してまで手に入れようとしている元の暮らしに、それほどの価値があるものだろうかと思わないときはない。

怖かった。退廃や自堕落をそんなふうに感じたりしてはいけない。ならば、ここで真っ当に生きていくという選択肢はないのかといえば、それはそれで想像がつかなかった。真っ当に働いて真っ当に事業を興し、真っ当な金で真っ当にヒナを養う……そんなことが果たして可能だろうか？

なにしろ矢代は、ヒナの本名も知らなかった。生まれた場所も、卒業した学校も、ソープ嬢になる前はどんな仕事をしていたのかも知らない。

わかっているのはただ、彼女が体を売って生きていることだけ。友達の裏切りによって背負ってしまった借金があり、それを返すために働いているというが、彼女の口からソープ嬢を辞めたあとの夢が語られたことはなかった。二、三カ月しかやっていないというわりには、生業《なりわい》と呼んでもよさそうなほどソープの仕事に馴染んでいるように感じられてならなかった。

彼女のプライヴェートについて訊ねるのはだから、勇気が必要そうだった。体を売ることを生業にしている女が、どれほど深く、どれほどすさまじい闇を抱えているか、考えるだけで恐ろしい。深淵に身を乗りだして中をのぞきこめば、身の毛もよだつほどの怪物と対面しなければならないかもしれない。

だから矢代にとってヒナは、いつまで経ってもただの肉体だった。

いくら抱き心地がよく、時折胸が熱くなるほどの愛おしさを覚えることがあっても、裏側になにもないハリボテの人形。

そういう存在と真っ当に愛しあい、真っ当に暮らしていくなんて、おとぎ話のようにリアリティが感じられなかった。彼女と暮らすということは、昼間から酒に酔い、夜は肉欲に溺れて、ただ時間を浪費することだけ。

一刻も早くいまの暮らしから抜けださなくては、取り返しのつかないことになるかもしれなかった。

矢代たちが手売りで販売しているペットフードがキャバクラ嬢に人気が高いのは、虚偽《きよぎ》のプレミアム感以外にもうひとつ理由があった。

キャバクラ嬢という職業は華やかである反面、性格はわがままに、私生活はだらしなくなってしまいがちなものらしい。年若くして蝶よ花よとおだてあげられる毎日なのだからそうなってしまってもしかたがないとも言えるし、おだてるだけおだてあげて若い肉体をむさぼろうとしている客の男がいちばん悪いという見方だってあるだろう。

しかし、とにかく相手をするのが大変な子が多かった。

たとえば「送りのクルマ行っちゃったから、家まで乗せていって」と頼んでくる。送っていけば送っていったで眠ってしまい、部屋まで運んでいかなければならないこともよくあった。「お腹空いたからごはん奢《おご》って」と言われることもある。ラーメンや牛丼なら奢るのもやぶさかではないが、彼女たちの言う「ごはん」は、しゃぶしゃぶ屋やイタリアンレストランなので、丁重にお断りしなければならない。

「いますぐうちまで犬の餌を持ってきてくんない?」という電話も後を絶たなかった。「今夜のぶんからもうないの。あ、ついでにディスカウントストアでペットシートと犬用のシャンプーも買ってきて」とまで言う。夜中の十二時にだ。

そんな無茶な要求にも、矢代と大倉はきっちりと対応した。

むろん別途宅配代は請求するが、頼まれれば千葉でも埼玉でも届けた。ペットフードはいったん別のものに切り替えられてしまうと、次から買ってくれなくなる恐れがあるのでしかたがないと割りきっていた。それが意外にも、面倒くさがりなキャバクラ嬢たちの需要を掘りおこしていったのである。

ある日のこと。

「ちくしょう、まいったな……」

六本木の路地裏に停めたワンボックスカーの助手席で、大倉が舌打ちした。

「家に帰ったら餌がないのに気づいたから、これから持ってこいだって。まったく馬鹿にしてやがる」

時刻は午前一時少し前。いましがた、今夜の予約分を捌きおえたところだった。

「ハハッ、いつものことじゃないか」

矢代は笑った。大倉がバツ悪そうな顔をしているのは、これから予定があるからだ。仕事終わりのレイコと待ちあわせて、おかまが踊るショーパブに行くらしい。

「なにもよりによって、こんな日に言ってこなくてもいいのになあ。俺、久しぶりにあいつと外でデートなんですよ」

「俺がひとりで行っとくから、そっちはあがっていいよ。場所、どこなんだい？」

「例の代々木上原《よよぎうえはら》です。先週も行ったじゃないですか。あの女、絶対、餌なんてまだあるんですよ。ついでに買い物を頼みたいだけで」

「ああ、なるほど……」

矢代は大倉が苛立《いらだ》っていることにようやく合点《がてん》がいった。

代々木上原に住んでいる、エリカというキャバクラ嬢だ。年は二十代半ばだろうか。ハーフのように彫りの深い顔立ちと、モデルばりのスタイルの持ち主なのだが、性格にやや難があった。悪気はないらしいが、とにかく行き当たりばったりというか、物事を深く考えずに行動するタイプで、その度合いがいささか常軌《じょうき》を逸《いっ》していた。

たとえばこんな調子だ。

矢代が大倉と別れ、六本木から代々木上原に向かう途中、この仕事用に入手したプリペイド携帯電話に、エリカから計四回連絡が入った。

一回目は餌だけではなくペットシートと犬のおやつのビスケットが欲しいという内容で、二回目はビスケットのメーカーを指定され、三回目はディスカウントストアに行くのならついでにボディソープと化粧水を買ってきてくれないかと頼まれ、矢代がわかりましたからこれで最後にしてくださいよと言うとうなずいて電話を切ったものの、何事もなかったようにすぐに四回目をかけてきてコンビニでカップラーメンとポテトチップスとアイスクリームを買ってきてほしいと言われた。

まあ、その程度にわがままな女を相手にしているからこそ、ボロ儲けができるとも言える。実際、先週ひと月ぶんの餌を買ったにもかかわらず、今日もまた買ってくれる。一時間ちょっとクルマを走らせて粗利が三万円弱なのだから、悪くない話なのだ。

それにしても……とエリカのマンションに着いた矢代は思った。

ペットフードの注文ひとつまともにできないのだから、しかたがないと言えばしかたがないが、めちゃくちゃな部屋に住んでいた。

玄関からのぞける範囲だけでもその惨状はすさまじいばかりで、服や化粧品や空のペットボトルが散らかり放題になって絨毯《じゅうたん》もろくに見えない。その中を来客に興奮したチワワが走りまわっているのだから、たいへんな騒ぎだ。そのくせ本人は、キャバクラ勤務から戻ったばかりなので髪もメイクもばっちり決めて、ファッション誌から抜けだしてきたような服とアクセサリーで飾りたて涼しい顔なのである。

「餌ひと袋に買い物代に宅配代、全部合わせて四万六千八百円になります」

矢代が荷物を渡して言うと、

「はーい、ご苦労さまでーす」

エリカは軽快に返事をして財布を開いたが、

「ありゃりゃ……ごめんなさい、お金が……なかった……」

彫りの深い顔をくしゃっと歪めて苦笑した。

「じゃあ、コンビニのATMに行きますか？　クルマで送りますから」

矢代も苦笑を返すと、

「……銀行にも、お金入ってないかも」

エリカは栗色に盛った髪をポリポリとかき、

「明日まで待ってもらえません？　明日給料日だから、お店の帰りにいつものところまで返しにいくし」

「申し訳ないけど、ツケはできないんですよ」

矢代は首を横に振った。上客と言えば上客なので一日くらい待ってもいいのだが、この商売を始めるにあたって、それだけは絶対にやめようと大倉と決めたのだ。銀座のホステス時代、売り掛けでしくじったレイコと同じ轍《てつ》を踏まないために。

「じゃあ……どうしよう……困ったなあ……」

エリカが上目遣いですがるように見つめてくる。矢代は黙っている。足元でチワワがあまりにうるさくキャンキャン吠《ほ》えるので、

「すいません、ドア閉めてもらえますか」

エリカは矢代に言って、チワワを脱衣所のあるアコーディオンカーテンの向こうに追いやった。犬の鳴き声が遠ざかると、気まずい沈黙がよけいに気まずくなった。

「でもぉ、そのぅ……餌だけならともかく、個人的な買い物まで頼んじゃって、いまさらキャンセルできませんよねぇ？」

エリカがシレッとして言ったので、

「あんた、最初からそのつもりだったろ？」

矢代は低く声を絞った。

「最初から金ないのわかってて注文したな？　本当に欲しかったのは餌じゃなくて、化粧水とか食いもんとか、そっちだろ」

バレたか、という表情でエリカはペロッと舌を出し、

「まあまあ、いいじゃないですかぁ。わたし、けっこうなお得意様でしょ？　それに、明日給料日っていうのは嘘じゃないですから、お金はきちんと払いますって」

矢代が無言で睨《にら》みつけていると、

「……わかりましたよぉ」

エリカはやれやれという表情で矢代の手を取り、部屋の中に引っ張った。その力がかなり強かったので、矢代はあわてて靴を脱いだ。

「なにするんだ？」

足の踏み場もなく散らかった室内に、引きずりこまれていく。六、七畳の狭いワンルームに不釣り合いな広いベッドが置かれた部屋は、香水なのかアロマエッセンスなのか、薔《ば》薇《ら》の匂いがむせるほどにこもっていた。まるで花園の迷宮に迷いこんでしまったように、眩《め》暈《まい》が襲いかかってくる。

「ふふっ、先に利子払います」

エリカは振り返りざま両手を矢代の首に巻きつけ、息がかかる距離まで顔を近づけてきた。近くで見ると眼鼻立ちが驚くほど端整だった。とくに切れ長の眼が麗《うるわ》しい。ラメ入りのアイシャドウや厚塗りのマスカラなど、派手な化粧に負けない生来の美しさがある。

「利子ってまさか……」

「もちろんカ・ラ・ダで……」

苦笑をもらそうとした矢代の口を、エリカの唇が塞《ふさ》いだ。分厚く塗られたリップグロスがぬるりとすべる。

「……よせよ」

肩を押してキスをとくと、エリカは切れ長の眼を丸くした。まさかわたしの誘いを断るつもり？　とでも言いたげな表情で、呆れたように見つめてきた。

（まいったな……）

矢代は全身が熱くなっていくのを感じた。この女は男をナメている。若くて綺麗というだけで万能の力を手にしているような、始末に負えない勘違いをしてしまっている。

しかし、その勘違いを正すのは、インチキ・ペットフードを届けにきた男の仕事ではなかった。

欲望が疼《うず》いた。

エリカはたしかに若くて綺麗だったけれど、それだけが理由ではない。

彼女を抱くことで、ヒナと距離を置きたい、心に余裕をもってヒナと接したい、という欲望が疼いたのだ。

エリカは顔もスタイルも化粧も衣装もすべてがゴージャスで、場末のソープ嬢にはない華やかさに満ちており、男の征服欲を存分に満たしてくれそうだった。ヒナにはない魅力で興奮を駆りたて、夢のひとときを与えてくれるに違いなかった。

「……本当に、明日になったら払うんだね？」

矢代がつぶやくと、

「ふふっ、ようやくその気になってくれました？」

エリカは得意満面の笑顔でうなずいた。憎たらしい笑顔だった。しかし、それが板についている。客観的に見て、彼女はヒナよりもずっと綺麗で、ずっと若かった。できることなら、抱き心地もずっとよくあってほしい。

ヒナを忘れさせてくれるくらいに……。

エリカの装いは、胸にフリルがたくさんついたギンガムチェックのシャツと、こちらもふりふりしたミニスカートだった。ふりふりしていることが逆に、スレンダーなモデル体型をひときわ伸びやかに見せている。髪は栗色に染められて螺旋《らせん》状に巻かれていた。アクセサリーを首にも手首にも音が鳴りそうなくらい着けていて、ストーンが並んだネイルは家事を拒否することを宣言しているかのように華美だった。

「うんんっ……うんんっ……」

口づけをしながら、シャツのボタンをはずし、スカートのファスナーをさげていく。ブラジャーは白のレースだった。全体が細いのでサイズは控えめだ。ショーツも白のハイレグで、その上にやたらときらきらと光沢のあるパンティストッキングを穿いている。

センターシームが生々しかった。

ヘアスタイルもメイクも人工的な装飾が目立ち、手脚の長い体型はバービー人形のようなのに、そこだけが妙に女の匂いを放っていていやらしい。

矢代はエリカをベッドに押し倒した。

リップグロスがぬるぬるとすべるキスを続けながら、ブラジャーのフロントホックをはずし、カップを割った。手のひらにすっぽり収まりそうな乳房だった。サイズは控えめでも先端に赤く咲いた乳首は敏感そうで、早くも物欲しげに尖っている。

「うんんっ……うんああっ……」

悶えるエリカの胸元には、金銀のネックレスがいくつも下がっていた。耳に大ぶりのピアスが揺れ、手首には幾重ものブレスレット。裸身を飾るそれらのアクセサリーが、ストッキングのセンターシームとは別の意味で生々しかった。栗色の巻き髪や煌《きら》びやかなメイクもそうだが、キャバクラで接客している格好で白い乳房をさらしている姿に、得体の知れない劣情をそそられてしまう。

あえてアクセサリーをはずさないまま乳房を揉み、乳首を吸った。ナイロンの妖しいざらつきを指腹に感じながら、センターシームをなぞった。こんもりと小高い丘の丸みを、吸いとるように指を這わせていく。

「あああっ……はぁああんっ……」

エリカはみずから両脚を開き、指の愛撫を丘の下に呼びこんだ。スカートを穿いていたときからわかっていたが、腰の位置がおそろしく高く、両脚が驚くほど長い。そのくせ太腿は逞《たくま》しいほどむっちりと張りつめて、溜息を誘うくらい悩ましい。

これほどの体をたかだか五万円弱の金のかわりに差しだすなんて、どうかしていると思った。たとえ全額踏み倒されても、お釣りがくるほどの役得かもしれない。

エリカを四つん這いにした。

Tバックを桃割れに食いこませた尻を突きだささせると、光沢のあるナイロンに包まれた尻の双丘と逞しい太腿はますますもっていやらしい眺めになり、熱っぽく撫でまわさずにはいられなかった。気がつけば頬ずりまでしていた。先ほどまで蔑《さげす》んでいた女の尻に頬を寄せ、うっとりしている自分が滑稽《こっけい》でしかたなかった。桃割れの間に指を忍びこませると、二枚の下着がじんわりと湿っていて、それを意識した瞬間、ズボンの中で痛いくらいに勃起した。

矢代は服を脱いで全裸になった。

股間で隆々と反り返った男のものに、エリカが目ざとく顔を近づけてくる。グロスで濡れ光る唇で咥えこむ。矢代もエリカの下半身にむしゃぶりついた。股ぐらに鼻面を突っこんで横向きのシックスナインの体勢になった。ざらついたナイロンに包まれてる股間に顔を押しつけて甘い湿り気を堪能し、鼻を鳴らして匂いを嗅ぐ。薔薇の香りに包まれた部屋の中で、そこだけが獣じみた牝臭に彩られている。

「んんんっ……」

エリカがネックレスやブレスレットをジャラジャラ鳴らしながら身をよじり、

「意外に変態なんですね。ストッキングの上からそんなにしつこく……」

「ハッ、べつにそういうわけじゃ……」

矢代は苦笑したが、

「破っちゃってもいいですよ」

エリカの言葉に息を呑んだ。なんて大胆なことをあっけらかんと言うのだろう。べつにそんな趣味はないが、望み通りにしてやろうと思った。ビリビリと引き裂いて、光沢のあるナイロンから汗ばんだ素肌を剝きだした。そんな趣味はないはずなのに、無性に興奮してしまった。剝きだしになった桃割れの間から、発情した牝の匂いがむっと立ちのぼってくる。白いショーツを片側に寄せると、じっとりと湿り気を帯びたアーモンドピンクの花が艶やかに咲き誇った。

「ああんっ……」

エリカがあえぐ。恥部を露出された羞恥《しゅうち》に眉根を寄せながら、男根をねろねろと舐めまわしてくる。そそり勃つ全長をあっという間に唾液でコーティングして、野太くみなぎった根元をしごきたてる。

矢代も負けじとアーモンドピンクの花びらに口づけをした。舌を使って左右に開くと、薄桃色の粘膜からとろりと発情のエキスがあふれた。それを啜りながら、クンニリングスに没頭していく。舌と唇だけではなく、左右の手指までねちっこく動かして、女の性感という性感を刺激する。

エリカのフェラチオはさして練達ではなかった。それでも、舐めて舐められる双方向愛撫が欲情を揺さぶり、口唇の動きを活発にさせる。淫《みだ》らに収縮する唇によって情熱的に吸いたてられると、矢代は我慢できなくなり、シックスナインの体勢を崩した。

エリカの体を横に向けたまま左脚だけをもちあげた。それを肩に担ぎ、いわゆる松葉崩しの体勢で挿入の準備を整えた。

口火を切る体位にしては珍しいかもしれない。しかし、ネックレスと乳房が卑猥《ひわい》なハーモニーを奏でる胸元と、破れたストッキングを同時に愉しみたかった。エリカは一瞬驚いたように眼を丸くしたが、すぐに蕩《とろ》けそうな笑みをこぼした。

「ふふっ、エッチィ。いきなり横ハメですか」

「悪くないだろ?」

矢代はL字に開いたエリカの両脚の間に、いきり勃つ男根を埋めこんでいった。アーモンドピンクの花びらを亀頭でめくりあげ、薄桃色の粘膜をずぶずぶと穿《うが》った。根元まで埋めこむと、すかさず腰をまわしだした。グラインドをピストン運動に変化させていきながら、右手で乳房を揉み、光沢のあるナイロンに包まれた尻や太腿を左手で撫でまわした。

「あああっ……はぁあああっ……くぅううううーっ!」

他の体位より深々と繋がることができる松葉崩しに、エリカはすぐ夢中になった。ぐいぐいと送りこまれる律動の虜になり、栗色の巻き髪を振り乱しては白い喉を反らせた。ゴージャスなネイルの施された爪が剝《は》がれてしまいそうな力で枕をつかみ、彫りの深い美貌を生々しいピンク色に上気させていった。

　矢代もまた夢中だった。

　みずから男を誘う尻軽女のくせに、結合感は若々しく新鮮で、よく締まった。淫らなほどに大量の蜜を漏らし、あっという間にお互いの陰毛がびしょ濡れになった。なにより、首から上がキャバクラで接客しているままの派手やかさで、アクセサリーをジャラジャラ鳴らしてよがり泣く様子が、非日常的な興奮を駆りたててきた。

　そろそろ正常位に体位を変えてフィニッシュに向かおうか……。

　そう思ったとき、奥からチワワが駆けてきて、ベッドの下でキャンキャンと吠えだした。アコーディオンカーテンを自力ですり抜けてきてしまったらしい。

　エリカは一瞬だけ瞼《まぶた》をあげて濡れた瞳でチワワを見たが、すぐにまた眼をつぶった。眼尻に涙さえ浮かべてよがっていたので、犬になどかまっていられない様子だった。

　矢代は肩に担いだエリカの左脚をおろし、結合したまま体位を変えた。予定を変更し、正常位ではなく四つん這いのバックスタイルだ。牝犬のように犯してやろうと思った。

「ああっ、いやあ……」

　結合の角度が変わって、エリカがあえぐ。矢代は光沢のあるナイロンに包まれた尻丘を突きだす悩殺的なポーズに息を呑みながら、ピストン運動を再開した。細い柳腰をつかんで引き寄せ、斜め上に向けて連打を放った。

「はぁあうううううーっ！」

エリカがのけぞって獣じみた咆吼《ほうこう》をあげる。ワンオクターブ跳ねあがった、いまにも感極まりそうな悲鳴を放つ。

その様子を、立ちあがったチワワがベッドの縁にしがみついて見ていた。唸《うな》っては吠え、吠えては唸り、喜悦をむさぼる飼い主を威嚇《いかく》する。

だが、エリカも負けていなかった。濡れた唇から迸《ほとばし》る悲鳴はすぐに小型犬の泣き声を凌駕《りょうが》し、圧倒していった。背中に淫らな汗をびっしり浮かべてよがりによがり、四つん這いの肢体を身も蓋《ふた》もなく歓喜に震わせる。

「犬も呆れて黙っちまったぜ」

矢代は興奮に上ずる声で言った。

「愛想尽かされないといいがな。こんな女、ご主人さまじゃなくてただの牝犬だって」

エリカは言葉を返せない。「ああっ」「いやあっ」と短く叫びながら、男根の抜き差しを受けとめることだけに没頭しきっている。ストッキングに包まれたままの逞しい太腿と尻を、歓喜にぶるぶると震わせる。

矢代はそのストッキングを破った。

汗ばんだナイロンをビリビリにして、丸みを帯びた白い尻を剝きだしにした。いままで直接触れなかったのを後悔したくなるくらい、なめらかな触り心地がした。まるで剝き卵のようにつるつるして、そのうえ生汗の天然ローション付きだった。

ピストン運動の途中でなければ、何十分でも撫でまわしていられたに違いない。しかし、興奮しきっていた矢代に、そんな悠長な愛撫はできなかった。尻の丸みを、ビターンッ、としたたかな平手打ちで打ちのめした。

「ひいいっ！」

エリカが悲鳴をあげ、男根を包みこんだ部分がぎゅっと引き締まる。矢代は硬くみなぎったペニスを抜き差ししながら、左右の尻丘をかわるがわるビンタした。打ちこまれるたびにエリカは、「ひいっ」「ああっ」と悲鳴をあげたけれど、拒みはしなかった。

「もっと！　いいっ、いいいぃいぃいっ……」

それどころか、なおさら尻を突きだして哀願してきた。叩かれた衝撃によってヴァギナが一瞬引き締まり、結合感が深まるのがたまらないらしい。

矢代は望み通りにしてやった。飼い犬の前で牝犬さながらに燃え盛るキャバクラ嬢を、怒濤の連打とスパンキングでとことん責めた。やがて煮えたぎる男の精を噴射するまで、汗まみれのエリカを何度となくオルガスムスの高みへと昇りつめさせた。

第五章　舐《な》めあう傷

残ったのは後悔ばかりだった。

エリカは文句なしの美人で、キャバクラ嬢としてはかなり高いランクに属するルックスの持ち主であることは間違いない。抱き心地だって悪くなかった。男を見下した高慢な態度に苛立ちながらも、夢中になって腰を振りたててしまった。

それでも彼女の中に最後の一滴を漏らしおえ、射精の余韻《よいん》が過ぎ去っていくに従って、言いようのない違和感がこみあげてきたのも、また事実だった。

俺はもっと抱き心地のいい女を知っている、身も心も蕩《とろ》けるようなセックスのできる相手がいる、という抜き差しならない感情が頭をもたげ、

「ねえ、すごいよかった。こんなによかったの初めてかも。泊まっていって……」

腕をからめてささやくエリカを残して、すごすごと逃げ帰ってきてしまった。

エリカは男の征服欲を刺激してくる女だった。モデルのように挑発的な体を四つん這いにして後ろから突きあげる快感は、男の攻撃本能を存分に満たしてくれた。

しかし、男を包みこんでくれるものが足りない。

やさしさが少しも見当たらない。

アパートに戻ったのは夜中の三時過ぎで、四畳半をのぞくとヒナは寝ていた。

掛け布団を抱き枕のようにしてしがみつき、脚まで折り曲げて股に挟んでいる。地味なベージュ色のショーツに包まれた丸い尻を露わにして、くぅくぅと寝息をたてているその姿は、もうすぐ三十になる女とは思えないほど子供じみていた。体を売って生きている商売女にしては、寝顔に罪がなさすぎた。

まるでどこからか流れてきて、河原に打ちあげられたボロボロのぬいぐるみだな、と失笑がもれる。可愛いくせに、取り返しのつかないダメージを負ってしまって、誰からも本気で愛されることはない。

憐《あわ》れだった。ボロアパートの四畳半でひとりで寝ているパンツ一丁のソープ嬢など、憐れに決まっている。

だが、どういうわけか失笑は続かず、胸が熱くなっていく。

この女を愛しいと思う頼りない感情と、愛しいなどと思ってはいけないという固い意志が、同時にこみあげてきて、胸の中で火花を散らした。

ヒナの中に眠っているやさしさを思う。たとえ打算にまみれていても、傷つき、打ちのめされた者だけがもち得る、たとえようもないやさしさが彼女にはある。抱きあったときのぬくもりが蘇《よみがえ》ってくる。

見つめていると本当に涙が出そうになってしまい、矢代はあわてて襖《ふすま》を閉め、台所で顔を洗った。


その翌日のことである。

矢代は昼前にペットフードの工場へワンボックスカーを走らせた。

商品を取りにいくためだ。

前夜レイコと飲み歩いていた大倉はそのまま六本木のラブホテルに泊まったらしく、戻るのは夕方になると連絡があった。

工場に発注する商品の量は当初の十倍まで跳ねあがっていたので、かつて渋面《じゅうめん》で引き受けていた先方もホクホク顔で迎えてくれ、出前の寿司までご馳走《ちそう》になってしまった。

とはいえ、ただでご馳走になったわけではない。先方には先方の思惑《おもわく》があった。これほど順調に売上げが伸びているなら、正式に会社を立ちあげてみてはどうか、というのだ。もっと本腰を入れて本格的なプレミアム・ペットフードを開発すれば全国ネットの販売も夢ではなく、そのための協力は惜しまないという。

大倉にも似たようなことを言われたが、矢代にはこのモンキービジネスをいつまでも続けているつもりはなかった。期間はできれば半年、長くて一年。

しかし、そんなことを正直に伝えてしまっては相手もやる気をなくすだろうから、無下には断れない。のらりくらりと矛先《ほこさき》をかわしているうちに話は長引き、アパートに戻ってきたのは午後遅くなってからだった。

いつもの空き地に駐車しようとすると、先客がいた。見かけないクルマだった。黒塗りのメルセデスが、異様な存在感を放って停まっていた。この街にこれほど似合わないクルマもそうはないだろう。

矢代がワンボックスカーを路上に停めてドアを開けると、メルセデスもドアを開けて、男が三人、降りてきた。呆然としている矢代を、あっという間に取り囲んだ。それまでの人生で関わったことなどないのに、ひと目で極道とわかった。眼つきの鋭さが尋常ではなかった。

「矢代か？」

いちばん貫禄のある、兄貴分らしき男に訊ねられた。訊ね方は素っ気《そけ》なく、ドスをきかされたわけではないが、矢代は完全に顔色を失った。晩秋の冷たい川風が吹いているのに男は白いワイシャツ一枚で、両腕と双肩にまがまがしい刺青《いれずみ》を透けさせていた。

「矢代だろ?」

「……そうですが」

「ちょっと顔貸してくれ。大倉は先に事務所に行ってるから」

有無を言わさずメルセデスの後部座席に押しこまれた。逃げだすどころか、理由を訊ねることもできなかった。あまりの恐怖に身がすくんでなにもできない。

事務所に連れていかれた。

六本木のはずれだったのでかなりの長い時間クルマに乗っていたことになるが、頭の中が真っ白になって、後部座席で身をすくめているうちに到着した。極道の事務所に連れていかれる——それがどういうことなのか考えれば考えるほど恐ろしくなり、思考が凍りついたように固まってしまった。

路地裏にある地味な雑居ビルの三階に、彼らの事務所はあった。

扉を開け、中に押しこまれた瞬間、矢代の眼に飛びこんできたのは、リノリウムの床に正座させられている大倉だった。ジャケットもシャツもビリビリに破かれ、青紫色に腫《は》れた顔は両眼がほとんど塞《ふさ》がっていた。

組の若い衆だろう。まわりを四、五人の男たちに囲まれていた。みな少年と呼んでいいほど若かったが、坊主《ぼうず》頭に原色のジャージ、体型はずんぐりむっくりして、あからさまに暴力の匂いを漂わせていた。矢代の歯はガチガチと鳴りだした。

「おいっ、誰がそんなことしろって言った」

白いワイシャツの男が言い、

「すいません！」

若い衆のひとりが深く腰を折って頭をさげた。

「こいつが逃げようとして暴れやがるから、ちょっとおとなしくさせたんです。こっちだってやられたんですよ」

坊主頭にできた生々しい瘤《こぶ》を見せた。

「ったく、しようがねえな。ああ、心配しないでいいよ。べつに痛い目に遭わせようと思って連れてきたわけじゃないから」

白いワイシャツの男は矢代に言い、ソファにうながした。相対して腰をおろすと、名刺を差しだされた。和紙に代紋が箔押《はくお》しされ、墨筆調で峰岸和夫《みねぎしかずお》と刷られていた。

「兄さんもこっちに来て座んな」

峰岸は大倉にも声をかけた。動かなかったのか動けなかったのか、大倉は反応を示さなかったので、若い衆に引きずられるようにして、矢代の隣に座らされた。

相対した峰岸は背が高い痩《や》せ形で、頰のコケた顔に無精髭《ぶしょうひげ》を生やしていた。眼が糸のように細く、けれども眼光は異様に鋭くて、蛇かトカゲを彷彿《ほうふつ》とさせた。

「兄さんたち、ずいぶん派手に儲けてるらしいじゃねえか？」

峰岸が言った。その後ろには、メルセデスに乗っていた他のふたりとジャージ姿の若い衆が、これ以上なく不愉快そうな顔で立っている。

「キャバクラ嬢に、馬鹿高いペットフード売りつけてんだって？　え？」

若い衆からペットフードの袋を受けとった。矢代たちが売っていたものだ。峰岸は乱暴に封を切ると、中身をテーブルにぶちまけた。

「こんなもん、プレミアムでもなんでもねえだろ？　ひと袋三万は無茶苦茶だ。知りあいの獣医に確認したら、原価で千円ちょっとだろって言ってたぞ」

要するに……と矢代は胸底でつぶやいた。

彼らは自分たちの縄張りで断りもなくインチキな商売をしていることに半畳《はんじょう》を入れたいらしい。面子《めんつ》を潰されたと怒っているのかもしれない。失敗したと思った。世間の裏側で商売をするのなら、恐れるべきは税務署や警察よりやくざだったのだ。

「しかし、まあ、アイデアそのものは素晴らしいよ。うちの若い衆に見習わせたいくらいだ。犬猫の餌なら一回売ってハイおしまいじゃねえ。継続的な客になる。シャブみたいにな……」

若い衆たちが意味ありげに視線を交わし、口の端だけで笑った。

峰岸は続ける。

「兄さんたち、極道がどうやってシャブ捌いてるか知ってるかい？　自分じゃ売らないよ、もちろん。事務所に金持ってきたって売れっこない。プッシャーっていう売人がいるんだ。そいつももちろんシャブ中なんだが、自分がシャブ喰《くら》う金稼ぐために、一生懸命小売りする。俺たちゃ黙って待ってりゃ金が入ってくるわけだ。わかるかい？」

矢代は曖昧《あいまい》にうなずいた。なにを言っているのかはわかったが、なぜそんなことを言っているのかがわからなかった。

「つまりこのペットフードもな……」

峰岸はテーブルにぶちまけた餌を手のひらにすくい、ザザッと落とした。

「キャバ嬢同士でやりとりさせればいいんだよ。マージンを増やして小売店化するんだ。で、親のキャバ嬢が子のキャバ嬢におろしていく。親は売るほど儲かるから、どんどん子を増やす。子だって馬鹿高いペットフード買うために、ちったあ儲けたい。まわりに勧めて子をもつようになる。キャバ嬢は店をよく移るから、横の繋がりがけっこうあるんだ。裾野はどんどん広がっていくだろうな。六本木だけじゃなく、新宿、池袋、銀座……」

「それって……」

矢代は思わず口を開いた。

「ネズミ講、ってことですよね？」

「なあんだ」

峰岸は初めて相好を崩した。左右の口角が裂けていそうなほど口が大きく、すべての歯が真っ黒だったので、笑ったほうが恐ろしい顔になった。

「燃費の悪い商売してるわりには、あんた馬鹿じゃねえんだな。そうだよ、ネズミ講だよ。頭がユルくて金だけもってるキャバ嬢引っかけるにゃあ、またとないネタってわけさ。うん。あんたらの考えだした犬猫ビジネスは」

「しかし……」

矢代は震える声を絞った。

「そんなやり方で大々的にやっちゃったら……警察が黙ってないかと……」

峰岸は薄ら笑いを浮かべてそっぽを向いた。タバコを咥えると、若い衆がさっとライターで火をつけた。紫煙を吐きだしながら、峰岸はなにも言わない。都合の悪いことには答えないというあからさまな態度に、矢代はそれ以上言葉を継ぐことができなかった。

「ちくしょうっ！　ふざけやがって……」

大倉はアパートの畳を毟《むし》っていた。毟っては窓から投げ、投げてはしつこく毟りつづけた。畳に穴が空き、指先に血が滲《にじ》みだしても、やめようとしなかった。

「ちくしょうっ！　ちくしょうおおおおっ！」

窓の外の空は、夕焼けのオレンジ色に染まっていた。

そろそろ視界も覚束《おぼつか》なくなり、先ほどまでグラウンドで野球をしていた少年たちの声ももう聞こえない。

矢代は壁にもたれて溜息ばかりを何度もつき、ただ呆然と、正気を失ったように畳を毟っている男を眺めていることしかできなかった。

「なんなんだよ、まったく。いくらやくざだからって、こんなやり方ってありかよ……ただの盗っ人、かっぱらいじゃねえか……」

大倉はほとんど塞がった両眼の下から、痛恨の涙を滲ませた。青紫色に腫れた顔が憤怒のあまり赤紫色になり、針で突いたら勢いよく血が噴射しそうだった。

怒り狂うのも当然だろう。

ふたりはプレミアム・ペットフードの商売から手を引かされた。顧客データを携帯電話ごと奪いとられ、今日仕入れてきたばかりの在庫商品も、たったいま若い衆が根こそぎ運びだしていったところだ。

そうするしかなかった。

峰岸は最初、「俺がケツもってやるから、仕切ってみる気はないか?」と言ってきた。マルチ商法のネズミ講を、だ。報酬はいままでの儲けの倍、とも。

しかし、本格的にネズミ講に手を染めるのなら、リスクはいままでの一千倍、一万倍だ。警察に踏みこまれたとき、スケープゴートにされることは火を見るより明らかだった。いや、最初からその目的で雇われると言っていい。やくざ者でもないのに、組織の楯《たて》になって塀の向こうに落ちるのである。

「それだけは勘弁してください」

それまでひと言も口を利かなかった大倉が、突然土下座してリノリウムの床に額をこすりつけた。懸命な判断だと、矢代もそれに倣《なら》った。

万が一、峰岸に警察沙汰を回避する利口さがあったとしても、やくざに弱みをつかまれれば、その後は一生闇から浮かびあがれないだろう。ペットフードのネズミ講どころか、覚醒剤の売人だってやらされるかもしれなかった。

そんなことになってしまえば、下獄どころか命すら危ない。つい最近も、眼の前の川で覚醒剤の売人らしき男の水死体があがったばかりだった。

一週間が過ぎた。

矢代は日がな一日アパートの部屋でゴロゴロし、陽の高いうちから酒を飲んでいた。以前のヒモ暮らしに戻ってしまったからといって家事に勤《いそ》しむ気力もなく、指一本動かすのも面倒だった。

事の経緯を聞いたヒナは、

「でも、よかったよ。やくざにしつこくつきまとわれなかっただけでも、ラッキーだったって思わなくちゃ」

さめざめと涙を流しながら言った。

たしかにそうだったが、なんの慰めにもならなかった。地獄からの脱出口が、再び強固に塞がれてしまったのだ。この二カ月ばかりの儲けを、矢代と大倉とレイコは三人で山分けした。濡れ手に粟で儲けていたつもりが、ひとり頭百万円ほどにしかならなかった。新しい商品を現金で大量に仕入れたばかりだったのが痛かった。

矢代は金をすべてヒナに渡した。

最初からそのつもりだったので、借金を返す足しにしてくれと言った。

ヒナは驚いて、もちろん最初は断ったが、矢代が頑《がん》として引かなかったので、「ありがとう」と涙ながらに受けとった。

おかげで、昼間から酒を飲んでゴロゴロしていても嫌味のひとつも言われない。

ヒナは元々嫌味など言うタイプではなかったが、炬燵に根が生えたように動かない居候を尻目に、いそいそと家事に勤しんでいた。

馬鹿なおふざけも、情事の誘いもしてこなかった。

ただ、いかにも物々しく、腫れ物に触るような態度で接してきて、なにかにつけて顔色をうかがわれるのが鬱陶《うつとう》しく、苛立ちを誘った。それでも矢代には、文句を言う気力もなかった。

「……まだ元気出ない？」

濡れた洗濯物を胸に抱えたヒナが、窓に行く通りがかりに声をかけてきた。

「もう一週間も経ったんだから、そろそろ元気になっても……」

炬燵で飲んでいた矢代が、アルコールで濁《にご》った眼で睨みつけると、

「ご、ごめんなさい」

ヒナは大仰《おおぎょう》に身をすくめて濡れた洗濯物を抱きしめた。

「わたし、今日お休みだから、お料理頑張っちゃうから。あ、でも矢代さんくらいの年の人って、煮物とか好きなのよね？　肉じゃがとかキンピラごぼうとか。でもわたしのレパートリーは、カレーかハンバーグなんだけどそれでもいいかな？　カレーだったら、鶏肉と豚肉のどっちが好き？」

どっちだっていいよっ！　と怒鳴ってしまえれば、少しは気が楽になっただろうか。

ヒナは眉根を寄せた心配そうな表情で言葉を継いでいたが、嬉しさを隠しきれなかった。矢代が家事を放棄《ほうき》するようになったことさえ、なんだか嬉しそうだ。

「おまえさあ……」

矢代は溜息まじりに言った。

「なんか調子に乗ってない？　だいたい、なんだよそれ？」

「えっ？　なんだよって？」

「そのエプロン」

ヒナは胸当てのついた真新しいレモンイエローのエプロンを着けていた。二、三日前に買ってきて、家にいるときはかならず着けている。

「だって、これは……矢代さん、落ちこんでるし、わたしが家事を頑張らなきゃっていう、意気込みをこめて……」

「鬱陶《うっとう》しい」

矢代は吐き捨てるように言った。

「おまえ、本当は、ペットフードの商売がダメになって嬉しいんだろう？　自分が仲間はずれみたいになってたから」

それに加え、金を稼がなければ、矢代はいつまでもこの部屋にいる。母性本能とやらを遺憾《いかん》なく発揮できる。

「違うよ」

「違わない」

「……そんな意地悪言わなくてもいいじゃない」

ヒナは哀しげに童顔を歪め、

「わたしだって、精いっぱい矢代さんの力になろうと思ってるんだから」

「そうかね？」

「そうよ。矢代さんが元気になってくれるなら、裸エプロンだってなんだってするよ」

「……アホか」

矢代は炬燵の中で寝転び、ヒナに背中を向けた。

「似合わないよ、おまえには」

「どうしてよ。やってみなくちゃわからないじゃないのよ」

「わかるよ、そんなこと」

眼を閉じて想像してみた。ヒナが裸になってレモンイエローのエプロンを着ければ、たしかにたまらなくエロティックな姿になるだろう。豊かな乳房が胸当てを盛りあげ、くるりと回転すれば白桃のような尻が丸見え。こんなボロアパートでなければ流しに両手をつかせて、後ろから挑みかかりたくなるに違いない。

だが、裸エプロンが象徴しているものは新妻であり、家庭だった。幸福感と欲情がいい具合に溶けあって男を興奮させるもので、ソープ嬢とは正反対の位置にあるものだ。

「わたし、可愛い奥さんになれないかなあ……」

ヒナのつぶやきが、苛立ちを誘う。

「いちおう将来の夢は、お嫁さんなんだけど、無理かなあ……」

矢代は背中を向けたまま黙っていた。口を開けば怒声をあげ、口汚く罵《ののし》ってしまいそうだった。苛立ちの原因はヒナではなく、自分の無力ぶりにあった。そんなことはわかりきっていたが、ヒナの態度に無性に苛々してしまう。夢がお嫁さんなんて、場末のソープ嬢がよく言える。

「あのう……カレーのお肉はチキンとポークのどっちがいいでしょうか?」

「カレーはいい」

　矢代は背中を向けたまま言った。

「食欲ないからそうめんでも茹《ゆ》でれば。それより、買い物行くなら酒買ってきてくれ」

「……わかった」

　背中を向けていても、ヒナが肩を落としたのがはっきりと伝わってきた。

　ガタガタと窓を開ける音が聞こえてくる。

　夏の終わりには汗を冷ましてくれた川風だが、冬になると逆だった。師走《しわす》に入ったころから昼でも凍えるほど冷たくなった。窓から木枯《こが》らしが吹きこんできて、矢代はたまらず首まで炬燵にもぐりこんだ。

　ガタガタと隣の窓が開く。

「あ、大倉さん。寝てなくていいんですか？」

　ヒナが言い、

「もう大丈夫だよん」

　大倉がおどけて答えた。やくざに暴行を受けた彼は、それが原因で熱を出し、この一週間寝込んでいたのだ。

「ヒナちゃんが洗濯物干してるの、珍しいね。矢代さんは留守かな？」

「炬燵にもぐってます。蓑虫《みのむし》みたいに」

「ちょっと呼んでもらえる？」

ヒナが振り返り、矢代は起きあがって窓から顔を出した。

大倉とまともに顔を合わせるのは一週間ぶりだった。戦友に再会したような懐かしさと、妙な照れくささが交錯《こうさく》した。塞がっていた両眼は元に戻っていたが、眼尻や唇に暴力の痕跡がまだわずかに残っていた。

「酔っぱらってふて寝ですか？」

「まあね」

お互いに苦笑する。

矢代の精神的なダメージも大きかったが、大倉のほうはその比ではないだろう。やくざの事務所で寄ってたかって痛めつけられたことに加え、レイコが六本木の店を辞めざるを得なくなったからである。

峰岸の事務所が六本木にあり、これから逮捕も辞さないネズミ講に手を染めようとしているのだから、逃げださなければ危なかった。とはいえ、レイコは店に借金がある。矢代は水商売の門外漢だから詳しい事情はわからないけれど、新しい店に立て替えてもらうにしろ、この不景気では条件のいい移籍先もそうそう見つからないのではないだろうか。大倉の看病もあったのだろうが、この一週間はずっと隣の部屋にいたようだった。

「ようやく酒が飲めそうになったんで……」

大倉は乾いた笑みを浮かべて、腫れの残る頰を撫でた。

「あとで銭湯行きませんか？　一番風呂で身を清めて、パアッと飲みましょう」

「暴れだしたりしないでくれよ」

「ハハッ、大丈夫ですよ。この悔しさを共有できるのは、矢代さんしかいませんから。矢代さんには八つ当たりしません」

「頼むぜ」

もう一度、顔を見合わせて苦笑を交わす。

悪い気分ではなかった。会社が倒産に追いこまれたとき、最後まで残ってくれた従業員はいなかった。もちろん、給料が払えなくなったので辞めてほしいと言ったのは矢代だったが、最後まで付き合ってくれと懇願《こんがん》しても残ってはくれなかっただろう。挫折《ざせつ》や敗北を共有できる仲間がいるのは悪くない。

ところが、そのとき、

「あのう……」

ヒナがふたりの間に割って入り、大倉に向かって言った。

「どうせだったら、銭湯じゃなくて温泉に行きませんか？　ほら、温泉のほうがお湯がいっぱいあるし、嫌なこと洗い流すにはぴったりじゃないですか？　レイコちゃんも誘ってみんなで行きましょうよ、温泉！」

この寒いのに相変わらずミニスカートを穿いているヒナは、「温泉！　温泉！」とはしゃぎながら、腰を振って踊りだす。

「なに言ってんだ、おまえは」

矢代は驚いてヒナの体をこちらに向けた。

「勝手なこと言うなって。なにが温泉だよ。俺たちにゃそんな元気は……」

「元気がないときこそ行くべきでしょ、温泉なんて！」

「いいから向こういけ。洗濯ものは俺が干しとくから……」

矢代はヒナの背中を押し、追い払おうとしたが、

「温泉かあ……」

大倉が遠い眼をしてつぶやいた。

「そういやずいぶん温泉なんて行ってないなあ。行っちゃいますか、矢代さん。ほら、そういえば俺たち、ちょっとだけ懐があったかいじゃないすか」

「……ホントかよ？」

矢代は苦々しく顔をしかめた。大倉には、山分けした金を全部ヒナに渡してしまったことを、まだ伝えていない。行きたくても金がないと言おうとすると、ヒナがセーターを引っ張り、「まかせて」という笑顔で指を丸めてOKサインをつくった。

まだ陽が高かったので、四人はその日のうちに温泉に向けて出発した。借りたままだったワンボックスカーに乗りこんで、北関東にある温泉地を目指した。

大倉はともかく、レイコまでが同行を拒まなかったのには驚かされた。

六本木の店を辞めてしまったので、仕事に行かなくていいという理由もあるだろうが、よほど気が滅入《めい》っていたのかもしれない。まったく口を利かず虚ろな眼つきで車窓の外を眺め、金髪を風になびかせている姿はいつも通りに無表情で、内面はうかがい知れなかったけれど、いろいろと思うところはあるのだろう。ペットフードビジネスの言い出しっぺとして責任を感じているのか、儲け話がおじゃんになって落ちこんでいるのか、意欲的に働きだした大倉の思わぬ挫折に胸を痛めているのか、わからないが……。

平日なので道は空いていた。夕暮れ前に目的地に着いた。

ヒナが携帯サイトで予約した温泉宿は、真新しい和風旅館だった。最近増改築したばかりなのだろう、新建材が目立っていささか趣《おもむき》に欠けたけれど、矢代は文句を言わなかった。四十路《よそじ》目前の中年男と違って、若い三人は温泉に鄙《ひな》びた風情など求めていないようだったし、部屋が最上階の特別室だったからだ。べつに贅沢をしたかったわけではない。その部屋なら居間プラス寝室が二部屋あり、部屋食を四人で囲むことができるのだ。

なんとなく、ヒナとふたりきりになりたくなかった。


建物は真新しくても、渓流に面した露天の岩風呂には風情があった。夜の帳《とばり》がおりた中、ライトアップされて赤く燃える紅葉が鮮やかで、川のせせらぎが耳に心地いい。湯は柔らかく肌に馴染んで、いくらでも浸かっていられそうだった。

「来てよかったですね」

大倉が柔和な笑みを浮かべて言う。銭湯の馬鹿熱い湯に浸かったときの、鬼の形相とは別人のようだ。

「誘ってもらってよかった。感謝しますよ」

「ああ、本当にいい湯だな」

矢代も柔和な笑みで答える。

「急な誘いに乗ってきたんで驚いたけど。二人とも温泉が好きだったんだな……」

「いやあ……」

大倉は苦い顔で首をかしげ、

「べつに特別温泉が好きってわけでもないんですよ。でも……気分転換が必要だったんです。俺たちには」

「レイコちゃんも？」

「あいつがいちばんそうですよ」

大倉は深い溜息をついた。

「こないだまで働いてた六本木の店、それなりに居心地がいいところだったから、辞めたことがこたえてて……」

「悪いことをしたよなあ」

「べつに誰のせいってわけじゃないですよ。しかたがないって割り切るしかないんですけど……あいつ、愛想がないでしょ？　いつも無表情で澄ましてて。でも、本当は思いやりのあるいい女なんですよ。ただ、水商売を始めたばっかりのとき、いじめに遭ったらしいんです。あれだけのルックスだと、まわりの女の子からジェラシー買って疎んじられるから……銀座のクラブで客が飛んだのも、同じ店のホステスが悪だくみして、あいつを嵌《は》めたっていう噂もあるらしくて……一千万近く被せられたんですから」

矢代は眼を丸くした。

「水商売っていうのも、エグい世界だな」

「エグいですよ。それでけっこう性格が歪んじゃって。六本木の店に来たときも、年中揉め事起こしてて。ただ、手前味噌みたいな話でアレですけど、俺と付き合うようになってからずいぶん丸くなったんです。ボーイとデキてるって問題になりそうになったとき、かばってくれた姐さんがいたのもあったし、仲間を大事にするようになって……」

「だから、ペットフードもよく売れたんだ」

「そうです、そうです。それまではホント、先輩には突っかかるわ、できない年下の子はいじめるわ、めちゃくちゃだったんですから。店としても期待してバンスまで出してるから、簡単に馘《くび》にはできないし。あのルックスじゃなかったら、とっくに追いだされてたような態度、けっこうとってましたからね」

「そうか……」

矢代は唸った。あの無表情の下に、そんな激しい感情が隠されていたとは驚きだ。

「だったら、こたえてるだろうね。ずいぶん」

「そうなんです。実は急に辞めることになったんで清算しきれなかった売り掛けもあったりして、早く次の店決めなきゃいけないのに、もう一週間もぼうっとしたまま……この旅行で気分転換してほしいですよ、ホント……」

何度となく溜息をつく大倉の姿を見ていられず、矢代は眼をそらした。やはり、人生の大問題はいつだって金だった。足掻《あが》けば足掻くほどその事実だけが浮き彫りになっていくようで、矢代の唇からも深い溜息がもれた。

温泉を出ると宴会になった。

ヒナは浮かれていた。

予想はついたことだが、ともすれば口をつぐんでしまいがちな他の三人に、「いいお湯だったねー」「ほら飲んで」と酌《しゃく》をしてまわり、自分も童顔を真っ赤にするまで酔っぱらった。矢代としては、大倉やレイコの神経を逆撫《さかな》でしないかと気が気ではなかったが、トラブルもなく夜は更けていった。食事が終わり、もう一度湯に入り直してからも、居間に集まって浴衣《ゆかた》姿で飲みつづけた。失意と落胆と退廃的な気分が、温泉と燗《かん》酒にゆるゆると溶かされていくような、そんな夜になった。

「酔っぱらっちゃいましたね」

大倉が窓の外を眺めてつぶやいた。いささか飲み疲れたので、矢代とふたりでテーブルを離れ、窓辺の椅子に移動してきたのだ。部屋の真下は渓流で、闇の中ライトに照らされて光っていた。

「朝になったら、また露天風呂に行きましょう。眺めが綺麗っすよ、きっと」

「そうだな」

　矢代はうなずき、

「最初は温泉なんてと思ったけど、悪くない」

「でもなあ。商売がうまくいってりゃあ、勝利の打ち上げだったんですけどねえ。もっと豪華な温泉宿で、芸者でもあげて……」

　大倉が唇を嚙みしめ、

「やめよう、もう。その話は……」

　矢代は力なく首を振った。

「また新しいアイデアを考えればいいよ。次はきっとうまくいく」

「そうすかねえ」

「そうさ」

　前向きなことを口にしつつも、矢代は自分で自分の言葉を疑っていた。

　次などあるのだろうか、と思う。なにをやってもダメなのではないか、という気分だけが心を支配していく。

　いまの世の中、いったんコースからはじき出されて底辺に沈んでしまえば、ちょっとやそっとじゃ浮かびあがれない仕組みになっているのだ。表の社会と同じように、裏社会にも既得権益層《きとくけんえき》がいて、新規参入を認めない。生活を変えるためのタネ銭を、ちょっと稼ぎだすくらいのことも許されない。新しい世界で新しい生き方を探すなら、頭を丸めて雑巾《ぞうきん》がけからやり直す覚悟が必要なのだ。

部屋の奥を見た。

はしゃぎ疲れたヒナはすっかり静かになっていて、その前では、テーブルにもたれたレイコが手酌で酒を飲んでいた。意外にもうわばみだった。すっかり酔っているようで、抜けるように白い顔がピンク色に染まり、浴衣も座り方も乱れている。

淫らなほどに艶《いろ》っぽかった。

いつもは鋭利な刃物のような美しさを誇っている彼女も、温泉と日本酒によって潤い、艶出《つやだ》しされ、水もしたたるいい女という風情だ。

キャバクラではきっと、それなりに地位をもつ男たちが、何十万もの金を使って彼女を口説き落とそうとしていたに違いない。これからもするだろう。しかし、いくら使ってもレイコは落ちそうもない。金では落ちないプライドを感じる。そういう女を自分のものにできているのだから、やくざに殴られた痕跡を顔に残している大倉も、人生の勝ち組と言えないこともないかもしれない。

「あのさあ……」

レイコが不意に、トロンとした眼をヒナに向けた。

「ちょっと質問してもいいですかあ？」

「んっ、なに？」

居眠りしかけていたヒナが、背筋を伸ばした。

「ソープの仕事って、大変なの？」

「えっ……」

ヒナが驚いて眼を丸くする。

「そりゃあ、大変て言えば大変だけど……」

「どういうことをするの？　サーヴィスとか」

「ソープなんかに興味あるのかな？」

ヒナは戸惑って矢代や大倉のほうに眼を泳がせた。ふたりとも曖昧に首をかしげることしかできなかった。

「あんまり興味もたないほうが……いいと思うけど……」

「いいじゃない、教えてよ。まずは一緒にお風呂入るわけ？」

「まあ……そうかな」

「お客さんの体洗ってあげて?」

「うん……」

「それから、なに? フェラ? ソープ嬢のフェラってすごそう」

「そんなこと……ない、と思うけど」

口籠《くちご》もったヒナは、あきらかに居心地が悪そうだった。レイコの口調にどことなく悪意の匂いが漂っていたからだ。

「ちょっとやってみて」

レイコは人差し指を、ヒナに向かって突きだした。売れっ子キャバクラ嬢らしく、ゴテゴテした紫色のネイルアートが施された指だ。

「これをオチンチンに見立てて、舐めてみて」

「……なんで?」

ヒナは苦々しく顔を歪めた。

「なんでそんなこと……」

「そりゃあテクニック向上のためよ。ソープ嬢から直々《じきじき》にフェラテクを伝授してもらえる機会なんて、めったにないじゃない」

さっさと舐めてごらんなさいとばかりに、レイコは人差し指を躍《おど》らせる。

ヒナの唇は屈辱に震えだした。

同じボロアパートの住人とはいえ、六本木の高級キャバクラでナンバーに入っていたレイコと、場末のソープ嬢のヒナでは女としての格が違う。職種は違えど、女を売る商売をしている者同士、彼女たちがいちばんそのことをわかっている。だから、十近く年下のレイコのいじめにも似た振る舞いに、ヒナは怒れない。蛇に見込まれた蛙《かえる》のようになってしまっている。

「ほら、舐めてよ、フェラするときみたいに」

そろそろ寝ようか——と矢代は声をかけようとした。さすがにヒナが可哀相だった。レイコはかなり酔っているようなので、宴会をお開きにして、別々の部屋に別れたほうがいいだろう。

しかし、声をかけようとした矢代を、ヒナが一瞥《いちべつ》で制した。

「じゃあ、ちょっとだけ……」

痛々しい笑顔を浮かべて、サクランボに似た唇でレイコの指を咥えた。場を盛りあげたい、という心情がひしひしと伝わってきた。盛りあげるためなら、ピエロにだってなるつもりらしかった。

「うんんっ……ぅんんっ……」

ヒナが眉根を寄せて指をしゃぶりたてると、

「それだけ？　なんか普通だけど」

レイコは侮蔑《ぶべつ》に彩られた瞳で、吐き捨てるように言った。美人というものは恐ろしい。ちょっと不快そうに顔をしかめただけで、部屋の空気を緊張させる。

「うんあっ……ぅんんんっ……」

ヒナは意地になったように、唇を動かすピッチをあげた。口の中に溜めた唾液ごと、じゅるっ、じゅるるっ、と卑猥な音をたてて舐めしゃぶる。レイコが緊張させた部屋の空気を、一瞬にして淫らな雰囲気に一変させてしまう。

「うわっ、すごっ……」

レイコの瞳がにわかに光り輝きだした。

「これすっごく気持ちいい。さすがソープ嬢」

おそらく口内で舌も使っているのだろう、と矢代は思った。いつもされているのだから、それくらいはわかる。

しかし、見ていられなかった。同性の指をさもおいしそうに舐めしゃぶっているヒナの姿は、餌に食いつく金魚に似てさもしかった。さもしくなにをむさぼっているのかと言えば、十近く年下の女のご機嫌だ。さもしいと同時に、涙を誘いそうなほどみじめだ。

「ああんっ、マジで気持ちいいっ！」

レイコはわざとらしくしなをつくって声をあげ、

「指でこれだけ気持ちいいなら、男の人は悶絶しちゃうんだろうなあ。ねえ、せっかくだから、実際にオチンチン舐めてるところも見せてよ」

ヒナはさすがに表情を凍りつかせて、指をしゃぶるのをやめた。

「実際にって……」

「矢代さんのオチンチン、いつも舐めてるんでしょう？　それやってみて」

「レイコちゃん……」

矢代はたまらず声をあげた。

「ちょっと飲みすぎて酔っぱらっちゃったかい？　そろそろ寝ようか」

しかしレイコは矢代のことは一瞥もせず、ヒナに眼を向けたまま言葉を継ぐ。

「できないの？」

「それは……許して……」

ヒナはいまにも泣きだしそうな上目遣いで哀願した。

「ソープ嬢だからって……そんなにいじめないで。ね？」

いったいなんという卑屈さだろう、と矢代は思った。これほど侮辱されて、それでもなお上目遣いで哀願なのか？　場の雰囲気を壊したくないという気持ちはわかるが、そこまで媚《こ》びへつらう必要がどこにある？

「べつにいじめてないわよ。本当にソープのテクが知りたいだけなんだって」

レイコはハッと苦笑し、

「わかった。それじゃあわたしがやってみせるから指導してよ」

立ちあがって窓際にいる大倉に近づいてきた。腕を取って畳に座るようにうながし、匂いたつ色気を振りまきながら、ぴったりと身を寄せていった。

「おまえ……なに考えてんだよ」

今度は大倉が表情を凍りつかせる番だった。

「いいじゃない？　舐めてあげるよ」

レイコは淫靡に微笑みながら、金髪をかきあげた。紫色のネイルに飾られた指を妖しく躍らせて大倉の頰を撫で、その手を首から肩、そして股間へとすべり落としていく。

「やめろって、なに馬鹿なことを……」

「いいじゃないっ！」

レイコが怒声をあげて大倉を睨みつけたので、矢代は焦った。大倉がキレるかもしれないと思ったからだ。しかし、大倉はキレなかった。総毛を逆立てて怒り狂う猫のような形相のレイコに、気圧《けお》されてしまっている。

「わたし、借金返すために、今度からは枕営業だってしなきゃならないかもしれないんだから。ううん。下手したらソープに沈められるよ。わかるでしょ？　バンスの雪ダルマなんだから。急に店辞めるから売り掛け精算させられて……おかげで六本木に来てから減らした借金ほとんどパアでしょ？　百万ぽっち山分けしてもらったって、全然追いつかない。ちょっとでも景気悪くなったら、体でも使わないと間に合わないよ。ホント、ペットフードなんて、よけいなことするんじゃなかった……」

大倉は言葉を返せず、矢代も絶句してしまった。

レイコのアーモンド形の眼は深い絶望に縁取られ、それが酔った勢いでヤケの方向にはじけている。荒《すさ》みきった笑みを口許《くちもと》に浮かべて、大倉の股間をまさぐる。レイコの剣幕に気圧されてしまった大倉は、身動きもとれずただ息を呑むばかりだ。

シュルシュルと帯がとかれ、浴衣の裾がまくられた。黒いボクサーブリーフがめくりおろされ、まだ女を愛せる形になっていないペニスが露出されると、

「おい……」

大倉はたまらず声をあげたが、その声はどこまでも弱々しく、レイコの動きをとめることはできなかった。紫色のネイルの施された指が、ペニスをつまみあげた。レイコは指で

つまんだ芯《しん》のない男性器と、こわばりきった持ち主の顔を交互に見ると、四つん這いになって口に含んだ。

矢代は動けなかった。

大倉が恥辱のうめき声をあげていることがわかっているのに、その場を立ち去ることができない。やわいペニスを舐めしゃぶっているレイコを横眼で眺め、陶然《とうぜん》としてしまう。美しさはパワーであり、エネルギーだった。常識や道徳や仲間意識すらも破壊する強制力をもって、矢代の全身を金縛りに遭わせた。

「早く勃ててよ。勃つでしょ？　こんなことしてあげるなんて、超珍しいんだから」

レイコは金髪を振り乱してペニスをしゃぶったが、大倉の反応は鈍かった。屹立《きつりつ》していないペニスを愛撫する、猫がミルクを舐めるような音だけが部屋に響く。

「なによ？」

レイコは憤怒《ふんぬ》に上気した顔をあげ、

「わたしも裸にならないと、興奮できないってこと？」

自分の帯もシュルシュルとといて、浴衣を脱いでしまった。抜けるように白い素肌と、お椀形の乳房が、矢代の眼を射った。乳首の色はヒナよりなお透明感のある淡いピンク。ブラジャーはしていなかったが、ショーツは穿いていた。つやつやした光沢を放つ黒いシルク製で、ヒップの双丘を飾るバックレースがセクシャルだ。

「おまえ……」

大倉が唖然としたように眼を見開き、矢代もさすがに腰を浮かしかけたが、

「ねえ、ヒナさんっ！」

レイコの甘ったるいハスキーヴォイスがその場を支配した。

「やっぱり隣でお手本見せてよ。わたしのフェラじゃオチンチン勃たない」

「あのね、レイコちゃん……」

ヒナがいそいそと近づいていき、レイコの肩に浴衣をかけた。

「なにがあったのかわかんないけど、ヤケになんないほうがいいよ。人前で服なんか脱いだらダメ。フェラだったら、わたしが指舐めて教えてあげるから……」

矢代は苛立ちがこみあげてくるのを抑えきれなかった。

ヒナの態度は屈辱よりも仲間はずれを恐れるいじめられっ子そのもので、いっそ人前で美しい裸身をさらしたレイコのほうがすがすがしく輝いて見えたほどだ。

酔っていたのだろう。
五、六時間も飲みつづけた酒が感情を高ぶらせているだけだとわかっていながら、矢代は言ってしまった。

「いいじゃないか、ヒナ。お手本見せてやれば」

「……えっ？」

ヒナは呆然とした顔を向けてきた。

「お手本って……ここで舐めろって……そういうことでしょうか？」

「俺はべつに恥ずかしくないよ。大倉くんとはいつも一緒に銭湯行ってるし、さっきだって一緒に温泉に入った。レイコちゃんがどうしてもフェラテクを磨きたいっていうなら、チンコ貸してやるから協力してやれ」

「でも、そんな……」

「もったいぶるなって」

矢代はヒナの言葉を遮った。

「毎日店で客のチンコしゃぶってるくせに、もったいぶるな。おまえソープ嬢だろ？　オマンコする意外に取り柄のない女だろ？　頭は悪いし、とびきりの美人ってわけでもないし、おまけにいい年だし……人に自慢できることなんて他になにひとつないんだから、フェラくらい見せてやれって……」

ヒナの童顔がこわばり、くしゃくしゃに歪んでいっても、言葉をとめることができなかった。ひどいことを言っている自覚はあった。これからしようとしていることは、もっとひどい。それでも言葉を継ぐほどに、制御できない暴力的な衝動がこみあげてくる。

むろん、恥ずかしくないなどというのは嘘だ。

人前でイチモツをそそり勃て、女に舐められるところを披露するのなんて、身をよじるほどの恥辱である。

それでも、やめる気にはなれない。

ヒナを傷つけたかった。

立ち直れないくらいにへこませて、屈辱の涙を絞りとってやりたかった。

「へええ。矢代さんって、あんがい話のわかる人だったのね」

レイコが笑った。

「いつも世界の不幸をひとりで背負ってるみたいな顰《しか》めっ面してるから、大っ嫌いなタイプかと思ったけど、全然そうじゃないんだ」

「ハハッ、そんなに顰めっ面ばかりしてたかい？」

「してた、してた」

「まいったな」

矢代は苦笑した。レイコに眼を見て話しかけられたのは初めてかもしれなかった。しかし、あまり長く彼女に眼を向けていることはできなかった。レイコが高笑いをしながら背中にかかった浴衣を払い、お椀形の乳房と股間にぴっちり食いこんだ黒いショーツを、再び露わにしたからだ。いまこの段階で勃起したら、軽蔑を集めるだけだろう。

「ほら、早くお手本を見せてやれよ」

矢代は椅子から立ちあがると、浴衣の前をはだけてトランクスをおろし、萎《な》えたペニスをさらした。顔から火が出そうになるほど恥ずかしかったが、これでこの部屋にいるうち、素肌も性器もさらしていないのはヒナだけだった。ヒナがそんな状態に耐えられるはずがなかった。結局は唇を嚙みしめながらおずおずと近づいてきた。

「レイコちゃんも脱いでるんだから、おまえも浴衣脱いで舐めてくれよ」

居丈高《いたけだか》に言い放つ矢代を恨《うら》みがましく睨みながら、浴衣の帯をといた。レイコと違い、古式ゆかしい作法に則って下着を着けていなかった。黒々とした草むらが蛍光灯を浴びて艶光りすると、レイコが眼を見開き、大倉は逆に眼を細めて生唾を呑みこんだ。

「やりますよ……やればいいんでしょ……わたしはどうせソープ嬢ですから……」

ヘラヘラした笑顔を浮かべようとしても、頬が思いきりひきつって痛々しいばかりだった。心が軋《きし》み、歪んでいく音だけが、矢代の耳には届いた。

意外なことに、ヒナの裸身は見劣りしなかった。

隣に顔もスタイルも完璧な女がいるにもかかわらず、ヒナにはヒナの色香があった。血管すらも青白く浮かす、抜けるような白さのレイコの肌に対し、ヒナの肌色は同じ白でも艶のあるミルク色で、触り心地が想像できる生々しさがあるのだ。男好きする体つき、と言ってもいい。小柄で華奢なのにアンバランスに乳房だけが大きく、さらにそれとはそぐわないあどけないほどの童顔が、レイコに比べてずっといやらしい。

それでも、本人は十近く年下の美女と裸身を比べられて恥ずかしいのだろう。

「もう、やだっ……」

つらそうに眉根を寄せて、矢代の足元にしゃがみこんだ。

長い黒髪を耳にかけながら、萎えたペニスに顔を近づけてくる。つまみあげて包皮を剝き、舌を差しだす。ねろり、ねろり、と亀頭を何度か舐めてから、尖らせた舌先でもっとも敏感なカリのくびれを丁寧になぞりたてる。

それから口に含んで吸った。

いったいどれほど肺活量があるのか、息継ぎをせずに長々と吸いたてられ、矢代の眼は眩んだ。口の中で小刻みに動いている舌先が、亀頭と肉竿を裏で繫ぐ筋をチロチロと刺激していて、それがひきがねになってペニスに芯ができた。みるみるうちに、ヒナの唇を卑猥なOの字にひろげるほど野太くみなぎってしまった。

「すごーい……」

レイコは感嘆に眼を見開き、ペニスを咥えこんでいるヒナに息のかかる距離まで顔を近づけた。人前で男根を舐める恥ずかしいソープ嬢を嬲《なぶ》るようにひとしきりむさぼり眺めてから、自分も四つん這いになってフェラを再開した。ヒナまで全裸になってフェラチオを始めた異常なシチュエーションのせいもあるだろうが、先ほどピクリともしなかった大倉のペニスが瞬く間に屹立し、女体を貫ける形状になっていく。

ヒナはすでにその先に進んでいた。

「うんんっ……ぅんんんっ……」

と鼻息をはずませて唇をスライドさせ、ぷっくりと血管の浮かんだ肉竿をしたたかに舐めしゃぶっている。時折口唇から吐きだすと、いやらしいほど舌を長く伸ばして、裏筋やカリに舌を這わせ、鈴口からあふれた粘液をチュッと吸った。そうしつつ、両手を器用に動かして、全長をしごいてきた。あっという間に両手が唾液でベトベトになるほど、濃厚な愛撫を披露した。

もちろん、レイコにフェラチオの指導をするためではないだろう。

人前で恥ずかしい愛撫をしている恥辱から逃れるために、眼の前の作業に没頭しているだけだ。

それでも濃厚に責められたほうはたまらない。矢代はうめき声をこらえるのに必死だった。唇が一往復するごとに、淫らな刺激が全身へと波及し、両膝がガクガクと震えだした。おまけにすぐ側では、レイコが金髪をかきあげ、端整な美貌を歪ませて大倉のものを舐めしゃぶっているのだ。

いても立ってもいられなくなって、ヒナにむしゃぶりついた。そこまでやっていいのか、ともうひとりの自分が叫んだが、一度タガがはずれてしまったら、もう後には引き返せなかった。

「おいっ、俺にもお返しさせてくれ」

「えっ……なにっ……」

戸惑うヒナの尻を顔の上に呼びこんで、シックスナインの体勢になった。眼の前にきた桃割れの隙間に、アーモンドピンクの花が咲いていた。両手を使ってぱっくりひろげ、薄桃色の粘膜を露出すると、

「んんんっ！」

男根を咥えこんだヒナは鼻先で悶えた。外気に触れた薄桃色の粘膜は、ひくひくといやらしく息づきながら、熱い発情のエキスをしとどにあふれさせた。

矢代は獰猛《どうもう》な蛸のように尖らせた唇を押しつけた。くにゃりとした花びらの感触に頭の芯を痺れさせながら、舌を差しだし、薄桃色の粘膜を舐めまわす。使いこまれているくせ

に、あるいはそのせいなのか、ぴちぴちと弾力に富んで、ペニスを挿入したらたまらなく気持ちよさそうだ。

「すげえなあ、矢代さん……男だなあ……」

大倉が上ずった声でつぶやく。矢代は大倉に眼を向けなかったが、その視線を全身で受けとめていた。もちろんレイコの視線もだ。複数プレイは生まれて初めての経験だったけれど、夢中になる人間の気持ちが少しはわかった気がした。

自分の中に他者の視点がもてるのだ。

つまりいまなら、男の上に四つん這いでまたがっているヒナの姿を、横から見ている気にもなれる。実際に矢代の視界にあるものは、尻の双丘とその中心で咲き誇った女の花なのだが、ふたりが見ている構図をもリアルに想像できてしまえる。

「むうっ……むううっ……」

矢代は鼻息も荒く舌と唇を使った。ヒナを乱れさせたかった。ソープ嬢である本性を人前でとことんさらしものにし、そのプライドを粉々に砕いてやりたい。荒ぶるドス黒い感情が、濃厚になっていくばかりのフェラチオによって煽りたてられ、やがて女の割れ目に指まで挿入した。クリトリスを唇で吸いながら、びっしりと肉の詰まった蜜壺を攪拌《かくはん》し、上壁のざらざらしたところを指腹でこすりたてた。

「うんぐっ……うんぐぐぐっ……」

ヒナは身をよじって悶えた。尻丘と太腿をひきつらせては震わせ、くびれた腰をくねらせた。童顔を真っ赤に燃えあがらせていることが、見なくてもわかった。

気がつけば、大倉とレイコも性器を舐めあっていた。

横向きのシックスナインだった。レイコが両脚をひろげられ、股間に舌を這わされてあえいでる姿は衝撃的としか言いようがなかった。自分だけが舐めているときとは違い、眉間に深々と刻んだ縦皺から牝の欲情を濃厚に匂わせている。

いつも無表情の澄ました顔の下に、これほどの欲望深き女の顔が隠されていたのかと唖然としてしまった。やがてクンニリングスの刺激に全身をくねらせながら、涎を垂らして男根をむさぼりだすと、淫乱という言葉さえ使いたくなった。

淫らな熱気だけが部屋を支配していく。

性器を舐めあう二組の男女が恥も外聞もかなぐり捨て、快感を求めて疾走しだすのに時間はかからなかった。性器を舐めあうくらいではとてもおさまらないくらい、興奮はどこまでも高まっていく。

大倉がまず、四つん這いのレイコを後ろから貫き、矢代も同じ体位でヒナと繫がった。牝犬のような格好をした女をふたり並べ、むさぼるようなピストン運動を送りこんだ。レイコの乱れ方は尋常ではなかった。金髪を振り乱し、細い腰を絶え間なくくねらせて、甘いハスキーヴォイスを甲高く跳ねさせる。いつも彼女の嬌声《きようせい》が聞こえていたのは、アパートの壁が薄いせいだけではないらしい。まさしく発情した獣の牝の様相で、肉欲に溺れる歓喜にあえぎ、恍惚を求めてよがり泣く。

一方のヒナも負けていなかった。最初こそ、羞恥に身をこわばらせていたものの、レイコが火がついたように獣みじた悲鳴を放ちはじめると、次第に欲情をこらえきれなくなっていった。ひいひいと喉を鳴らしてよがり泣いた。激しい動きではレイコに一歩も二歩も譲ったけれど、ねちっこい腰のグラインドがいやらしすぎる。尻肉や太腿を歓喜にぶるぶると震わせながら、水飴状に蕩けきった蜜壺でそそり勃つ男根を舐めしゃぶり、感じるほどに収縮感を高めていった。

「ああんっ、いやあんっ……そんなにしたら、あああああっ……」

やがてレイコが切羽つまった声をあげた。

「そんなにしたら、イッちゃうっ……イクイクイクイクッ……はぁあああああーっ！」

ちぎれんばかりに首を振り、汗ばんだ肢体をビクンビクンと跳ねさせて、レイコは絶頂にゆき果てていった。オルガスムスの激しい痙攣がやむと、四つん這いの体勢を維持できなくなり、うつぶせに倒れた。大倉が膝立ちのままでいたので、まだ射精に至っていない男根がスポンと抜け、分泌液に濡れ光りながら臍を叩くほど反り返った。

矢代はかまわず腰を振りたてていたが、

「……ヒナちゃん、具合よさそうですね？」

大倉が息をはずませながら声をかけてきた。

「さすがソープ嬢っていうか、レイコと違ってよがり方がエロすぎますよ」

ささやく眼つきがギラギラしていた。レイコを絶頂に導いたものの、自分は射精に至っていないからそれも当然だろう。途中で中断を余儀なくされたことで、凶暴なまでに牡の本性を剝きだしにしている。

「試してみるかい？」

ピストン運動を続けながら不敵に微笑んだ矢代の顔も、ギラギラと脂ぎっていたはずだ。普段なら絶対に口にしない言葉が、性交中の会話という非日常的な状況に煽られて、唇からこぼれてしまった。

「よかったら、こいつも抱いてやってくれよ。なんの取り柄もない女だけど、オマンコだけは最高なんだ」

「マジすか？　マジでいいんすか？」

矢代はうなずき、ペニスを引き抜いた。四つん這いのヒナを仰向けにして、頭のほうにまわりこんだ。

「なにっ？　なにっ？」

焦ったのはヒナだった。いまのいままで後ろから突きあげられて牝犬さながらによがっていたので、状況が把握できていない。その両脚を大倉がM字に開いて、そそり勃つ肉の凶器を女の花にあてがっていく。

「や、やめてっ……なにするのっ……」

ヒナは驚いて体を起こそうとしたが、矢代がその両手を押さえて畳に磔《はりつけ》にした。

「大倉くんにも、おまえのオマンコ味わってもらいたいんだ」

「いやよ、そんな……」

欲情に上気していた童顔がにわかに色をなくし、限界まで頬をひきつらせる。

「いいじゃないか、お隣同士のよしみだよ」

「いやっ！　いやですっ！」

「いいって言ってんだろっ！」

眼力をこめて睨みつけると、ビビリのヒナは息を呑んで押し黙った。

「いいんですか、本当に？」

大倉がニヤニヤ笑いながらささやく。

「いいさ。ソープ嬢が貞操観念発揮するなんて、ただの芝居だよ。少しは嫌がったほうが男も燃えるだろうって、ソロバンずくなのさ。なっ？　そうだろ？」

　ひきつった頬を鷲づかみにすると、

「ううう……」

　ヒナは眼にいっぱい涙を溜めて下から睨んできた。だが、その程度のことで、獣欲に猛り狂った男ふたりをたぶらかせるわけがない。

「言えよ。ソープで鍛えたわたしのオマンコ味わってくださいって」

「……ゆ、許ひぃてぇ」

　思いきり双頬をつかんでいるので、言葉がひしゃげる。

「許さないよ。言わないと大倉くんだってやりにくいじゃないか。なにも無理やり強姦しようってんじゃないんだから、合意が必要なんだよ。今日は特別無料でサーヴィスいたしますから、恥ずかしいソープ嬢のオマンコ味わってくださいって言え」

　矢代は言いながらぐいぐいと頬を締めあげ、開いた口に指を突っこんだ。唾液にまみれた舌と口内粘膜を、嬲るように掻きまわした。

「あぐぐっ……してくださいっ……オ、オマンコッ……恥ずかしいソープ嬢のオマンコ、味わってくださいっ……」

ヒナが涙ながらに声を絞ると、大倉はひときわ顔をギラつかせて腰を前に送りだした。レイコの分泌液でぬらぬら光る男根で、ヒナの女の花をしたたかに貫いた。

「ああああああーっ！」

断末魔《だんまつま》に似たヒナの悲鳴が、矢代の胸に突き刺さる。歪んだ声が鋭利な刃物となって、心のいちばん柔らかい部分をズタズタに引き裂いていく。

こんなことをして傷つくのは、自分のほうだった。そんなことはわかっていた。わかりきっていた。

「むううっ、締まるっ……」

大倉は勃起しきった肉棒を根元まで埋めこむと、すかさず腰を使いだした。いきなりのフルピッチだった。欲望剝きだしに突きあげて、唇を嚙みしめて反応をこらえようとしているヒナから、淫らがましい悲鳴を絞りとる。

「あああーっ！　あぁあああああーっ！　はぁあああああーっ！」

怒濤の連打を浴びたヒナは、白い喉を突きだし、たわわな双乳を胸元で大きく波打たせた。矢代はそれをつかんで揉みしだいた。いやらしく尖りきった乳首をつまみあげて、大倉と脂ぎった笑みを交わした。

「たまんないっすよ……さすがソープ嬢だ……なんてオマンコだ……吸いつきが……す、

すごい……」

「そうかい」

矢代は得意げにうなずき、

「どうだ？　おまえも気持ちいいのか？　そんなにあえいでたまんないのか？」

汗にまみれてくしゃくしゃになった童顔にささやく。ヒナは必死に首を振るが、よがっているようにしか見えない。いや、実際によがっていた。つらそうに眉根を寄せつつも、宙に浮かんだ足指を反らせては折り返し、太腿をいやらしくひきつらせている。首を振るたびに乱れていく長い黒髪さえ、歓喜に舞い踊っているようだ。

やはりこの女は……と内心でつぶやく。

セックスが好きで好きでしょうがないのだ。どんな男のものでも、咥えこまされれば顔をくしゃくしゃにして愉悦に溺れるのだ。そうでなくては、ソープ嬢など務まるまい。曲がりなりにも好きな男の前にもかかわらず、快感は快感として受けとめる。汚れたペニスを舌で清め、「これは好きな人にしかしないんだから」と言い放った男の前で犯されているのに、いまにも感極まってしまいそうに身をよじっている。

いつもこうやっていたんだな、とも思った。粗末で貧乏くさい玄関でひとしきりはしゃいでから店に出て、こうやって他の男と淫らな汗をかいていたんだな……。

熱いものがこみあげてくる。

いつの間にか隣にいたレイコが意味ありげに身を寄せてこなければ、ヒナの乳房を揉みしだきながら号泣していたかもしれない。

「ソープ嬢って、いやよいやよって言いながら腰使うのね。これも手練手管《てれんてくだ》？　勉強になるなあ……ねえ、わたしばっかり仲間はずれにしないで」

耳元でささやかれた甘ったるいハスキーヴォイスに、矢代はぞくっとした。高貴な猫に似たアーモンド形の眼の下が、オルガスムスの余韻でねっとりしたピンク色に染まっていることに気づくと、さらにぞくぞくと背筋に戦慄《せんりつ》が這いあがっていった。

「ねえ、して。わたしにも……」

レイコはヒナの隣で仰向けになり、矢代の腕を引いた。一瞬、大倉とレイコの視線が合った。火花が散りそうだったが、お互いに言葉を発しない。

「いいのかい？」

矢代が大倉にささやくと、

「この状況じゃ、しょうがねえっす」

大倉はぐいぐいと腰を振りたてながら泣き笑いのような顔で言った。

「今夜は無礼講《ぶれいこう》ってことにしましょう。そいつのこと、悦ばせてやってください」

「ふふっ、すごい楽しみ」

レイコが両脚の間に矢代の腰を呼びこみながら笑う。

「考えてみたら、ソープ嬢のヒモでしょ？　毎日店で客とってる百戦錬磨《ひやくせんれんま》の女を悦ばせてるわけでしょ？　どんなセックスしてくれるんだか」

挑発的なレイコの言葉は、けれども矢代に向けられたものではなかった。妖しく潤んだ瞳で矢代を見つめてささやきつつも、言葉も気持ちも、大倉に向けられていることは明らかだった。

それを非難しようとは思わなかった。

矢代にしても同じだったからだ。

「入れるよ……」

猛り勃つ男根を女の割れ目にあてがい、ずぶずぶと穿っていきながらも、ヒナのことだけを気にしていた。レイコは絶世の美女とさえ呼んでよく、六本木の高級キャバクラでナンバーを張っていたオーラが確かにあった。その女が欲情しきってしがみついてくるにもかかわらず、隣でよがっているヒナだけに心を奪われていた。

自分でも驚くほど男根が硬く、野太くみなぎっているのはだから、ヒナのせいだった。

嫉妬《しっと》と呼んでいいのか悪いのか、わけのわからない凶暴な感情のせいで矢代は欲望の修羅と化し、抱きしめたレイコの体をメッタ刺しにした。呼吸も忘れて女肉をむさぼった。

レイコが手放しでよがりだす。金髪を振り乱し、矢代の背中にネイルが剝がれるくらい爪を立てながら、獣の牝と化していく。

その様子が大倉の欲情に火を放つ。「おうっ、おうっ」と声までもらして、ヒナに甲高い悲鳴をあげさせる。

ヒナはなにを考えているだろう？　と矢代は思った。

迫りくるカタルシスに五体を燃え狂わせながら、そのことだけを考えていた。

自分よりずっと若く、ずっと美しい女と矢代が繫がっていることに、嫉妬しているだろうか？　そのことでいつもより興奮しているだろうか？

あるいはただひたすらに屈辱だけを嚙みしめながら、体ばかりが勝手に反応してしまっているのだろうか？　こんなことなら温泉なんかに誘うんじゃなかったと、自分の軽率な振る舞いを後悔しているだろうか？　わたし馬鹿だからと、心の中で泣きじゃくっているのだろうか？

答えは見つからないまま、矢代は激情をこらえきれなくなり、煮えたぎる男の精をレイコの中にしぶかせた。

第六章　昔の女

矢代は夢を見ていた。

実際の出来事をなぞった夢なので、飛躍も荒唐無稽《こうとうむけい》さもない。

ずいぶん昔のことのように思えるけれど、考えてみればまだ半年ほど前のことだ。

妻を寝取られた。

会社が大変なときで、三日ほど泊まりこんで、着替えを取りに自宅に帰ったときのことだ。午後の二時か三時だった。玄関に見慣れない自転車が停まっていた。鮮やかなスカイブルーのロードレーサー。妻の麻美《あさみ》が乗るようなものではない。

嫌な予感がして、矢代は玄関に鍵を差しこむのをやめた。気配をたてずに、裏の駐車場にまわっていった。

矢代の家の駐車場は、全面がガラス窓になったリビングに面している。クルマの陰に身を隠して様子をうかがった。窓には白いレースのカーテンが引かれていたが、南向きなのでまぶしい午後の陽光が差しこんでいて、室内でうごめく人影を確認することができた。

麻美がソファの上で四つん這いになっていた。

全裸だった。剝《む》きだしの乳房をあられもなく揺らし、豊満なヒップを高々と掲げて、男に後ろから突きまくられていた。

矢代は呆然とした。

とても現実のこととは思えなかった。

麻美とは、前に勤めていた製薬会社で、職場恋愛から結婚に至った。

結婚願望の強い女だった。お茶くみとコピーとりが主な仕事の一般職ＯＬだったし、矢代と付き合いはじめたころは三十路《みそじ》を間近に控えた二十八歳だったから、とくに焦《あせ》っていたに違いない。若くて可愛らしい新入社員は毎年続々と入社してくるし、このままではお局《つぼね》さまになってしまう――そんな心の声が聞こえてくるようだった。

矢代は三十歳になったばかりで、すでに営業部で頭角を現わし、未来のエース、出世間違いなしと言われていたから、都合のいい結婚相手に見えたのだろう。彼女のほうから積極的なアプローチを受けた。昼休みに弁当を渡されたり、社内の飲み会で隣の席から動かなかったり、それはもうあからさまに。

嬉しいといえば嬉しかったし、鬱陶《うっとう》しいといえば鬱陶しかったが、タイミングは悪くなかった。

矢代には夢があった。いずれは独立して自分の会社を興すつもりだった。麻美の期待に応えてプロポーズしたのはだから、恋愛のゴールということではなかった。所帯をもっていたほうが社会的に信用されるはずだという打算がなかったと言えば嘘になる。とはいえ、いったん結婚したからには、男としての責任が発生することもよくわかっていた。

世の不景気に抗《あらが》うように行なった外資系ホテルでの豪華挙式も、南の島へのハネムーンも、結婚指輪のブランドまで、麻美の望むままにしてやった。結婚三年目には世田谷《せたがや》のはずれに一戸建てを購入した。麻美は満足そうだった

矢代も満足だった。麻美は特別な美人ではなかったが、きちんとしていたからだ。社内のOLのなかで、それだけは一番だった。何事に対しても折り目正しいところがあり、料理も掃除も洗濯も、家事は完璧にこなした。玄関にはいつだって綺麗な花が生《い》けてあった。矢代にはそれが「女らしさ」に感じられた。一生を添い遂げてもらうことに、不満も不安もあるはずがなかった。

それが……。

亭主が外で働いている間に、男を家に引っ張り込むとはどういうことだろうか？　女らしさには貞操観念がセットになっているはずで、夫を裏切ることなど許されないことではないのか？

思いあたる節がないではなかった。

矢代が脱サラをして独立して以来、家計は逼迫《ひっぱく》していくばかりだった。最初は「軌道に乗るまで少しだけ我慢してくれ」という矢代の言葉を信じ、笑顔を絶やさなかった麻美だったが、二年経っても三年経ってもいっこうに生活が楽になる気配がなく、それどころかパートに出てほしいと懇願するに至り、不機嫌な顔を隠さなくなった。家事は手抜きになり、玄関に花は飾られなくなった。

それもしかたがないと、矢代は思っていた。女らしい彼女が求める人生の伴侶は男らしい男であり、彼女が考える男らしさとは金を稼いでくることだった。間違った考えではないだろう。矢代にしても彼女を満足させられるだけの金を稼ぎたかった、そのために身を粉にして働いた。それでも、うまくいかないときはうまくいかないものだ。会社の業績はいつまで経っても頭打ちで、好転する兆《きざ》しはなかった。

四つん這いの麻美を後ろから突きあげていたのは、若い男だった。

あとでわかったことだが、パート先のスーパーマーケットの社員で、妻よりもひとまわり以上年下だという。背が高く、筋肉質な体つきで、精力も有り余っているようだった。麻美のくびれた腰を両手でがっちりとつかみ、連打をいつまでもやめない。息継ぎをする暇も惜しいとばかりに、妻の豊満な尻を打ちたてる。

肉と肉とがぶつかりあう音が、ぴったりと閉めきられた窓の向こうから聞こえてくるようだった。獣の牝と化した妻の悲鳴が、窓のガラスを震わせていた。やがて、連打を浴び続けた麻美は、濡れた紅唇をひろげて叫び声をあげた。口の動きで、なにを言っているかわかった。「イク」と叫んでいた。オルガスムスに達したことを伝えている妻を、若い男はさらに突いた。乳房を揉みしだき、汗ばんだ背筋を舐めまわし、尻肉に指を食いこませながら怒濤の勢いで腰を動かした。

麻美はめちゃくちゃになっていった。四つん這いの肢体を生々しいピンク色に染めあげ、生汗を光り輝かせながら、どこまでも淫らに乱れた。濡れた紅唇が「またイクッ、またイッちゃう」と叫んでいた。矢代はこれほど本能を剝きだしにした妻の姿を見たことがなかった。折り目正しい麻美はベッドでもどちらかといえばおとなしいほうで、みずからの欲望を示すことに羞《は》じらうタイプだった。

それが若い男に後ろから突きまくられて半狂乱だった。ソファを爪で掻き毟《むし》り、閉じることのできなくなった唇から涎《よだれ》さえ垂らし、肉の悦びをむさぼっていた。まるで矢代の妻として生きてきた時間が虚偽だったのだと暴くように……。


「……ねえ、大丈夫？　ねえ、矢代さんってば」

ヒナに体を揺すられて、矢代は眼を覚ました。飴色に煤《すす》けたアパートの天井が、呆然とした意識を現実に引き戻してくれる。

「すごいうなされてたよ。どんな夢見てたわけ？」

「あっ、いや……べつに……」

矢代は首を振った。全身にびっしょり汗をかいていた。額に浮かんだ脂汗が頬を伝って顎まで流れてきたほどだ。

寝取られた妻の夢は、最近毎日のように見ていた。毎日見て毎日うなされている。けれどもそれは、おそらく麻美に対する未練だけが理由ではなかった。

「じゃあ、わたし行ってくるね。お金、テーブルに置いといたから」

「ああ。ありがとう……」

矢代は横着にも、布団の中から見送った。外はすっかり冬の気配なのに、ヒナは相変わらずミニスカートで若づくりに余念がない。とはいえ、秋に素足にミュールを履いていたときより寒々しく見えなかった。タイツとブーツとコートで防寒対策は万全だ。

二日働いて一日休むというソープランドの勤務シフトを、ヒナは変えてしまった。可能な限り毎日出勤して、休みなく働いている。「なるべく早く借金返したいから、頑張ることにした」と言っていたが、おそらくそれは嘘だろう。休みの日、一日中矢代と顔を合わせているのを拒んでいるのだ。休みの日の日課であった性交を遠ざけたいのだ。

ヒナが出勤シフトを変えたのは約ひと月前、大倉やレイコとともに行った温泉旅行から帰ってきてからだった。表面的には何食わぬ顔をしているけれど、あの肉欲に爛《ただ》れた4Pが彼女をしたたかに傷つけてしまったことは間違いない。

ヒナのことを布団の中から見送ったのは、横着だけが理由ではなかった。

矢代は痛いくらいに勃起していた。

久しくヒナを抱いていないせいか、いま見た夢のせいかわからない。しかし、息苦しくなるほど硬くなり、射精を求めて熱い脈動を刻んでいる。

妻が寝取られた現場を目撃したとき、矢代は家に踏みこまなかった。踵《きびす》を返して会社に戻った。

三人いた従業員はすでに社を去っていた。がらんとしたオフィスにひとりでいても仕事など手につかず、神聖な職場で性器をさらして自慰に耽《ふけ》った。

夫婦の営みではけっして見せなかった麻美の本性を瞼《まぶた》の裏に思い浮かべては、硬くなるのをやめてくれないおのが男根をしごき抜いた。窓の外が暗くなり、深い漆黒の時を経て再び白々と明るくなりだしてもまだやっていた。

射精というものは回を重ねるごとに放出量が少なくなっていくが、噴射時の衝撃は強まっていくものだと初めて知った。勃起したペニスの表面がひりひりし、肉はみなぎる力が失われていく。それに抗い、自慰をしているだけとは思えないほど呼吸を荒げ、絞りだすようにして最後の射精を遂げたときは、オルガスムスに達した女のようにソファの上でビクンビクンと体が跳ねあがった。

滑稽《こっけい》の極みだった。

みじめでみじめでやりきれなかった。

妻に対する憎悪や、寝取った若い男に対する殺意がなかったわけではない。抑えきれない破壊衝動が自殺という言葉を生まれて初めてリアルに感じさせたのもこのころだったけれど、できることは自慰だけだった。精を噴射する忘我の瞬間だけが、この世に残された救いだった。風が吹けば勃起してしまった少年時代でさえ行なわなかった回数を行ない、人間性をかなぐり捨ててひとりあえぎ続けた。

そしていまも……。

布団の中で痛いくらいに勃起している男根をつかむと、温泉宿でのヒナの姿が瞼の裏に蘇ってくる。大倉の男根に股間を貫かれて悶え泣いていたヒナは、やがて正気を失うほど肉欲に溺れ、みずから大倉にしがみついていった。「いいっ！　いいっ！」と叫びながら腰を押しつけ、激しいばかりに絶頂に達した。

自分以外の男にも股を開く女は、男を打ちのめす。自分以外の男と寝てもエクスタシーに達するのだという事実に、立ちあがれなくなりそうになる。矢代にしてもあさましく勃起させたペニスをレイコの中に突っこんでいながら、ヒナの口から迸《ほとばし》るオルガスムスの悲鳴に胸を掻き毟られた。

「あいつは……あいつは元々そういう女じゃないか……ソープ嬢じゃないか……」

矢代は独りごちて立ちあがった。ヒナが大倉にしがみついてゆき果てていく姿を思いだして自慰に耽れば、ひどい気分になることはわかりきっていた。とても耐えられそうになく、散歩にでも出ることにして服を着けた。

年の瀬も近いのに、駅前の商店街は相変わらず閑古鳥《かんこどり》が鳴いていた。

店先で眼につく「歳末大売り出し」の安っぽい貼り紙や、装飾が塵芥《ちりあくた》にしか見えないクリスマスツリーが物哀しい。時折耳に届くクリスマスソングさえ、飴色に煮染めたようなこの商店街で聞くと、かえって薄ら寒い気分にさせられた。マフラーをしていない首を撫で斬るように吹き抜けていく冷たい北風だけが、ここではリアルだ。

駅に出た。

カンカンカンカン、と踏切の鳴らす鐘の音がやけにうるさく耳に届いた。続いて電車がホームにすべりこんでくると、矢代は駆けだして切符を買った。どこかに用事があるわけではなかった。けれどもなんとなく、いや、なにかに追い立てられるような切実な気分で、電車に乗りこんでみたのだった。

あてもなく電車を乗り継いだ。

いつの間にか皇居の反対側、西東京方面にいた。そちらのほうが昔から馴染んだ土地だから、当たり前かもしれない。昔通勤に使っていた路線に乗ると、心臓の早鐘がとまらなくなった。ふと思いたってある駅を目指した。都心からさして離れていないが、多摩川《たまがわ》を渡るので住所は神奈川県になる。

そこに麻美が住んでいるはずだった。一度も訪ねたことはないし、詳しい連絡先は携帯電話とともに捨ててしまったが、住所だけはしっかりと覚えていた。地名と番地が覚えやすかったせいもあるが、いずれ彼女を迎えにいこうと思っている矢代にとって、心の支えのようなものだったからだ。

住所の場所にあったのは、お菓子の家のような白い建物だった。

アパートより高級感があるから、ハイツとでも呼べばいいのか。二階建てで、部屋数も似たようなものだったが、ヒナのアパートとは絹と木綿《もめん》ほどの違いがあった。背の高いビルの見当たらない住宅地なので、冬の午後の柔らかい陽射しが建物全体を繭《まゆ》のように包み、平穏や秩序ある暮らしや身の丈にあった小さな幸せや、いまの矢代が失ってしまったものばかりが詰まっているようだった。部屋のドアに飾られたクリスマス用のリースも、ここでならきちんと幸福の象徴に見えた。

麻美の部屋は、旧姓の表札がかかっていたのですぐにわかった。

ドアの前で五分ほど逡巡《しゅんじゅん》したが、呼び鈴は押せなかった。

一緒に住んでる男が出てくるかもしれない、と思ったからだ。自宅のリビングで妻を四つん這いに這わせて後ろから突きあげていた若い男。二度と顔を見たくなかった。しかし、いまは平日の昼間。仕事に出ているはずだから大丈夫ではないか――思考は堂々巡りを繰りかえし、やがて部屋の前でぼうっと突っ立っていると不審に思われるかもしれないと不安になり、その場を離れて近所を歩きまわった。

たとえ麻美ひとりが部屋にいたとしても、会ってなにを話していいのかわからなかった。それでも切実に会いたいのは、やり直したい気持ちを伝えたかったからでも、裏切ったことをなじりたかったからでもない。会えば良くも悪くも感情が動くだろう、と思ったからだ。怒りでも嘆きでも屈辱だってかまわない。暗色の閉塞《へいそく》感だけに塗りつぶされたいまの生活から抜けだすための、きっかけが欲しかった。

それでも結局、呼び鈴を押す勇気は最後までわいてこなかった。

寒空の下にもかかわらずジャンパーの下を汗びっしょりにして住宅地を一時間近く徘徊《はいかい》し、ただ疲れただけだった。毎日大酒を食らってゴロゴロしているばかりなので、体力がめっきり落ちてしまったらしい。

なにもかも面倒くさくなって、駅に向かおうとした。

角を曲がってきた女と、ぶつかりそうになった。

麻美だった。

かつて夫婦だった女が、驚愕に眼を見開いて立ちすくんでいた。

「どうしたの？　こんなところで……」

「あ、いや……」

矢代は顔をひきつらせながら、まじまじと麻美を見つめてしまった。

別れたときは背中まであった長い髪がばっさり切られ、耳を出すベリィショートになっていた。髪型だけではない。ひらひらしたスカートが好きで、フェミニンな装いを好むタイプだったはずなのに、コーデュロイのパンツにショートブーツ、白いセーターにスエードのブルゾンという、マニッシュなスタイルをしていた。ほんの半年ほど会わなかっただけで、雰囲気が凛々《りり》しく様変わりしていた。

「わたしのところに来たの？」

「そうじゃないよ」

矢代は苦笑まじりに首を振った。

「偶然さ。いや、驚いた。このあたりに住んでたんだな……」

「住所教えたじゃない？　すぐそこのアパート」

「……そうか。元気でやってるか？」

「……まあね」

麻美は曖昧に笑う。白けた空気が行き交い、しばらくお互いに口を開けなかった。

「よかったら、お茶でも飲んでく？　わたし、今日はもうなにもないから」

「いや、その……お邪魔じゃないなら」

驚き戸惑いながらも誘いを受けてしまったのは、断るほうが不自然な気がしたからだ。

憎しみの対象である自分を捨てた女と、道端で立ち話をし、お茶に招かれる展開が、不思議でならなかったけれど、いきなり罵《ののし》る気にもなれない。

別れに修羅場を経験しなかったせいだろう。

麻美に離婚してほしいと切りだされたとき、矢代はすでに抜け殻だった。他の男とのまぐわいを目撃し、そのことを責めることもできないまま、毎日毎日狂ったように自慰に耽って、身も心も疲れ果てていた。実は付き合っている若い男がいると告白されても、会社が大変なときだから慰謝料も財産分与もいらないと恩情をかけられても、なんの反応もできず、差しだされた離婚届に黙って判を押した。


外から見るとお菓子の家さながらに見えた白いハイツは、中に入るとインテリアショップのようだった。

1DKか2DKか、それほど広い部屋ではなかったが、テーブルも椅子もソファも、食器棚に並んだカップやグラスに至るまで、センスのいいアンティークふうで、住人のこだわりが強く感じられた。矢代と生活していたときの物はなにひとつなかったけれど、行き届いた掃除と出窓に飾られた一輪挿しが、かつてのことを思いださせた。とにかく家のことだけは、きちんとやる女だった。

「駅前に小さな商店街があったでしょう?」

麻美は対面式のキッチンに立ち、ハーブティーをカップに注いでいる。

「あそこでね、リサイクルショップをやってるの。家具とか食器とか、ネットオークションやフリーマーケットなんかで安く買い集めてね。この町、新婚さんが多いから、けっこう需要があるのよ」

歌うように話す声を聞きながら、矢代は所在なくテーブルの席に着いていた。独り暮らしなのか、男と一緒に住んでいるのか、にわかには判断できない。

「やってるって……経営してるのか？　そのリサイクルショップを」

「そう。友達と共同でね。開業資金もろくになかったんだけど、いろんな人に助けてもらって……どうぞ」

麻美はハーブティーを矢代の前に運んでくると、テーブルに相対して腰かけた。

「はあ、そういうことするようには見えなかったけどな」

ＯＬ時代の彼女は「夢はお嫁さん」という月並みなタイプで、結婚してからは「幸せな妻」を演じることに余念がなかった。

「わたしもね、自分で自分にびっくりしてる」

麻美は鼻の頭に皺を寄せて笑った。

「人間、変われば変わるものよ。いまは仕事が生き甲斐って、胸を張って言えるもの」

「そうか……」

矢代は苦笑して眼をそむけた。

このところ、ソープ嬢やキャバ嬢といった、世間からいささかはみ出してしまった女とばかり接してきたせいだろうか。麻美の真っ当さが、まぶしかった。自立した大人の女という雰囲気に、気圧《けお》される思いだった。

「あの若い男とは、一緒に住んでるのか？　ここで……」

肝心な質問を投げかける。

「アキノブくん？」

「ああ」

「ううん」

麻美はバツの悪そうな顔で首を振り、

「彼とはとっくに別れた。結婚しようってしつこいから……わたし、結婚はしばらくいいって思ってたし……」

遠い眼でハーブティーを啜った。

ずいぶんあっさり言ってくれる、と矢代は憮然とした。心に風穴が空き、そこからドロドロした熱い感情が流れだしていくようだった。すでにふたりが別れてしまったということは、寝取られた女を寝取り返すことが、永久に果たせなくなったということだ。

「なんかね……」

　麻美は続けた。

「彼には悪いけど、彼と付き合っていたのは、あなたと別れるための方便が欲しかったからかもしれない、って最近になって思う。あのころ、あなたは仕事にかかりっきりで、わたしのことなんか見向きもしてくれなかったから……こんなはずじゃなかったって、どうして自分だけ不幸になるのって、わたし、ひとりでものすごく足掻《あが》いてて……」

「……悪かったよ」

「いいのよ。わたしだって力になってあげられなくて申し訳なかったって、後悔してるんだから……別れたときだってバタバタしてて……わたし、ひどい女だったね……本当にごめんなさい……」

　息をつめて見つめられ、矢代は困惑した。

　麻美から伝わってきたのは、妙に艶めかしい感情だった。未練というほど確固としたものではなかったし、同情や憐憫《れんびん》だって混じっているに違いなかったが、元妻の瞳にはたしかに好意の残滓《ざんし》が感じられた。

　感情が複雑に揺れる。

　結婚していながら他の男に走ったことに対する憤りは、いまでも心の奥底にしっかりとこびりついていて、永遠に消え去ることはないだろう。だが麻美は、その男すらさっさと捨てた。寝取られた女を寝取り返すチャンスさえなくなってしまったことに対する、言いようのない無力感がこみあげてくる。

ふいにむらむらした。

凜々しく変貌した彼女に、耐え難いほどの欲情を覚えてしまった。

「ねえ、あなた……」

麻美が顔をのぞきこんでくる。

「なんだか、顔色あんまりよくないね？　ちゃんと栄養あるもの食べてる？　これから夕食つくるから、よかったら一緒に……」

矢代はガタンと音をたてて立ちあがり、麻美のほうにまわりこんだ。

「えっ？　なに……」

と驚いて眼を丸くしている元妻の腕を取って立ちあがらせ、奥の部屋に向かった。部屋のほとんどをベッドが占領していた。東南アジアふうのデザインで、籐《とう》でできたクイーンサイズのベッドだった。

麻美を押し倒し、覆い被さった。白いセーターに包まれた胸が、存在感を誇るように隆起している。

「なにするの？」

　下から睨みつけてくる麻美の眼は、怒りに縁取られていた。

「わたし、こういうつもりで部屋にあげたわけじゃないんだけどな」

「俺だって、こういうつもりであがりこんだわけじゃないさ……」

　矢代は上から睨み返した。麻美には、専業主婦をしていたころの、男に保護されていたときには感じなかった色香があった。もっとはっきり言えば、「仕事に生き甲斐を感じる」などという殊勝な言葉の裏側に、恋もセックスも自由に楽しんでいるような雰囲気が透けて見えた。

「じゃあ、どいてよ」

　麻美は吐き捨てるように言った。

「それとも自分を捨てた女に未練があるのかな？　やり直したいとでも思ってるの？　あんなにあっさり離婚届けに判を押したくせに」

　あっさり判を押されたことで逆にプライドが傷つけられたとでも言いたげに、挑むような眼を向けてくる。

「俺はおまえに貸しがあるんだ」

　矢代は低く声を絞った。

「離婚届にあっさり判を押したのは……見ちまったからだ。おまえがあの男と……アキノブとうちのリビングで盛《さか》ってるところを……」

麻美の瞳が凍りついた。

「着替えを取りに会社から帰ってきたときだよ。真っ昼間だった。玄関に見慣れない自転車が置かれてて、おかしいと思って駐車場のほうから庭にまわりこんだんだ。そうしたらおまえが……おまえが四つん這いになってアキノブに後ろから……」

白いセーターをまくりあげると、

「いやっ……」

麻美は悲鳴をあげたが、声も抵抗も弱々しかった。自宅での情事を見つかっていたことが、よほどショックだったらしい。

矢代はかまわず首もとまでセーターをまくりあげ、ブラジャーを露わにした。昔から、下着には贅沢をする女だった。高級感に満ちたモスグリーンのサテンのカップに、白いレースで飾られたブラを着けていた。

「おまえはまるで牝犬みたいだったよ……」

矢代はささやきながら、ブラの上から双乳を揉みしだいた。ブラ越しにも、熟れた女体の柔らかな乳肉の感触が手のひらに伝わってきた。

「若い男に後ろからガンガン突かれて、牝犬みたいによがってた。わかるか？　そんなところを見せつけられた、俺の気持ちが……」

「見せつけたわけじゃ……ない……」

麻美は顔をくしゃくしゃにして言った。

「見せつけてるのと同じなんだよっ！　俺が建てた家でセックスしてるんだからっ！」

矢代は怒声をあげてブラジャーをめくりあげた。あずき色にくすんだ乳首ごと、胸のふくらみを揉みくちゃにした。

「くぅうっ！　や、やめてっ……許してっ……」

「許せないよ……」

矢代の声は震えていた。憤怒ではなく、興奮に震えているのだった。麻美と愛しあっていた日々が、走馬灯のように頭の中を流れていく。打算まじりでした結婚だったけれど、この女を愛していないわけではなかった。結婚式で誓ったように、生涯の伴侶であることを疑ったこともない。純白のウエディングドレスに身を包んだ彼女はまぶしいほどに美しく、婚前交渉があったにもかかわらず新婚初夜は朝まで彼女を求め続けた。

「謝れ」

「くぅううっ！」

左右の乳首をひねりあげると、麻美は白い喉を見せてのけぞった。

「そんなによかったのか、アキノブのセックスは？　真っ昼間から、自宅のリビングで盛っちゃうほど、たまらないセックスだったのか？」

恨み節を唱えながら乳首をコリコリに尖らせると、ベルトをはずしズボンをさげた。腰のくびれが増していた。ブラジャーと揃いの、ゴージャスな光沢を放つモスグリーンのショーツが、股間にぴっちりと食いこんでいた。

「ああっ、いやっ！　やめて、あなたっ……許してっ……」

いやいやと身をよじる麻美の下肢からズボンを脱がし、股間をひろげた。両足にはナイロン製の黒いソックスを履いていた。女子高生の履くようなハイソックスと、ベリィショートの大人びた顔のコントラストが、たまらなくいやらしい。

矢代はショーツのフロント部分を掻き寄せ、ぎゅうっと股間に食いこませた。モスグリーンの布の両脇から黒々とした繊毛がはみ出し、性器のまわりの卑猥《ひわい》にくすんだ肌まで露出して、麻美はますます身をよじる。

夫婦の閨《ねや》で、こんな屈辱的なやり方をしたことはなかった。

興奮がそうさせた。

三十代後半の麻美の体には、ヒナやエリカにはなかった成熟した色香が漂い、生々しい性欲が感じられた。パート先の若い男を家に引きずりこんでいたというのも、愛だの恋だのの以前に、セックスレスによる欲求不満が原因だったに違いない。そうでなければ、離婚までして付き合いを続けたアキノブを簡単に捨てることもなかっただろう。

「俺は驚いてるよ、麻美……」

矢代は高ぶる声でささやいた。

「おまえがこんなにいやらしい女だったなんて……こんなに好き者だったなんて……」

ぎゅっ、ぎゅっ、とショーツを股間に食いこませるほどに、麻美の股間からは獣じみた牝の匂いがたちこめてきた。いやだいやだと言いながら、濡らしているのだ。さらに続けると、ぬちゃっ、くちゃっ、という粘りつくような音までたてはじめた。

「ああっ、やめてっ……もう許してっ……」

麻美が真っ赤に染まった顔をしきりに振っているのは、元夫の屈辱的な愛撫が耐えきれないからではなかった。自分でも激しく濡らしていることがわかっているから、恥ずかしいのだ。

矢代は掻き寄せたショーツのフロント部分を片側に寄せ、女の花を剝きだしにした。アーモンドピンクの花びらは淫らなほどによく濡れて、ほつれた合わせ目からつやつやと輝く薄桃色の粘膜をのぞかせていた。

「いやっ！　見ないでっ！　見ないでえええっ……」

麻美が恥辱に身をよじる。寝室は明るかった。遮光カーテンは窓枠のところでとめられていて、白いレースのカーテン越しに午後の陽光が降り注いできている。

「どうしたのよ、あなた……」

麻美はハアハアと息をはずませながら、すがるような眼を向けてきた。

「したいんだったら、させてあげてもいいけど……でも、するんだったら、もう少しやさしく……」

矢代は全身の血が沸騰していくのを感じた。

プライドがしたたかに傷つけられた。たしかに獣欲で高ぶりきっていたが、ただセックスがしたいわけではない。溜まったものを吐きだせば、それでおとなしくなる若いだけの男とはわけが違うのだ。

矢代は麻美の両足からナイロン製のソックスを脱がした。生脚を愛でるためではなかった。ソックスを使って麻美を後ろ手に縛りあげて抵抗の術を奪い、うるさい口には下肢から脱がしたショーツをねじりこんだ。

そうしておいて剝きだしになった股間に顔を近づけた。

牝の淫臭がむっと漂ってきて、鼻先で揺らぐ。麻美の匂いは磯の香りが強かった。懐かしさを覚えながら、クンニリングスを施した。夫婦の閨で何度となく行なった愛撫だったが、矢代の舌使いはかつてと違うはずだった。ソープ嬢のヒモとしての技量が宿り、長々と行なえる執拗さも身につけていた。

「うんぐっ！　ぐぐぐっ……」

剝き身のクリトリスを舌先で転がすほどに、麻美はショーツをねじこまれた口から悶え声をあげた。顔も首筋も、ベリィショートの髪から出された耳まで生々しいピンク色に上気させて、よがりによがった。

わけもなく絶頂に導くことができそうだった。しかし矢代は、麻美がオルガスムスを欲しがって体を海老反《えびぞ》らせるたびに、意地悪く愛撫の焦点をずらした。クリトリスから花びらや粘膜へ。時にはアヌスや蟻の門渡りへ。濡れすぎた唇をぶるぶると震えている内腿で拭いながら、性感帯への刺激をいっさいやめることもあった。

そうしつつ、再びクリトリスを責めた。吸ったり嚙んだり、蜜壺に指を入れて裏表から刺激したり、急激に高みに追いつめては、恍惚が見えるか見えないかのところで焦らし抜いた。

やがて、麻美の口からショーツが吐きだされた。

それでも口を閉じることができず、あうあうと獣じみた声をもらすことしかできない。

白いセーターからまろび出た双乳を揺れはずませ、大胆に開かれた太腿をひきつらせては震わせて、生殺し地獄に悶絶するばかりだ。

「ねえ……ねえ、あなた……」

三十分もそんなことを続けると、麻美はいまにも泣きだしそうな顔で哀願を始めた。

「と、途中でやめないで……意地悪しないで……」

「だったらさっきの質問に答えろよ」

矢代は不敵な笑みで答えた。

「そんなによかったのか？　アキノブとのセックスは？」

「……よかったわよ」

麻美はきりりきりりと眼を細めて、挑むように言った。

「あなたは……仕事で疲れてるからって、ひと月もふた月も……下手したら三カ月も指一本触れてこないことがあったじゃない？　そんなときに抱かれれば、いいに決まってるでしょう？　女にだって性欲があるのよ。したくてしたくてたまらなくなるときだってあるのよ……」

麻美が自分の性欲について、そこまで赤裸々な言葉を口にしたのは初めてだった。

「だからって浮気していいのか？」

矢代はツンツンに尖りきったクリトリスのまわりを、指でくるくると刺激した。

「若い男を家に連れこんで、牝犬みたいによがってていいと思ってるのか？」

「くぅうう……くぅううう……」

麻美は眉間の皺をどこまでも深めてむせび泣いた。股間の刺激に翻弄されて唇が震え、言葉を継ぐことができない。

「俺がセックスできないくらい仕事をしてたのは誰のためだ？　おまえに何不自由ない暮らしをさせるためだろう？　それなのに、おまえってやつは……」

「そ、そうだけど……」

麻美はついに、わっと声をあげて泣きだした。

「そうだけど、我慢できなかったのよ……相手なんて誰だってよかったの……したくてしたくてしようがなかったの……そうよ、わたしはいやらしい女よ。軽蔑すればいい。牝犬だって馬鹿にしたっていい。でも、我慢できなかったの……どうしようもなかったのおおおっ……」

嗚咽まじりの言葉の最後は、ほとんど慟哭と呼んでよかった。けれどもそれは、懺悔《ざんげ》による慟哭ではなかった。もっと強い刺激が欲しいと、股間を上下にくいくいと動かしながら声をあげていた。昔の話はもうどうでもいいから、いま眼の前にある恍惚が欲しいと、身をよじってねだっていた。

「いまはどうなんだ？」

矢代はクリトリスから指を遠ざけ、浅瀬をぬぷぬぷと穿《うが》った。

「そんなにしたくてしようがないなら、なんでアキノブと別れたんだ？　他に男がいるから か？」

「ああっ、そうよ……」

麻美は欲情のあまり、大粒の涙を流しながら言葉を継ぐ。

「若い男の子と、年上と、ふたり……ごめんなさい……わたしね、淫乱だったみたいなの……自分でも驚いてるの……あなたと結婚したときはそんなこと全然思ってなかった……若いころはもっとそうだった。男の人がしたがるから、しかたなく付き合ってるみたいな……でもね……でも、三十代も終わりに近づいて、若い男の子と付き合うようになって……気がついちゃったの……わたし、セックスが好き……相手がどうこうじゃなくて、行為そのものがどうしようもなく大好き……」

矢代は麻美から体を離した。素早く服を脱ぎながら、全身が熱く燃えあがっていくのを感じた。嫉妬というより、牡の本能が燃えていた。麻美が性欲を処理するために付き合っている男たちを凌駕《りょうが》するような、すさまじい絶頂に導いてやろうと思った。

「……いくぞ」

M字に開いた麻美の両脚の間に、猛り勃つ男根をあてがった。涎じみた発情のエキスでぐしょ濡れになった女の割れ目に、ずぶりと入っていった。

「んんんーっ！」

麻美が背中を弓なりに反らせる。後ろ手に縛られた不自由な体をしきりによじって、結合の歓喜に打ち震える。

矢代は麻美の両膝をつかんで腰を動かした。

かつて馴染んだ女のものとは思えない、新鮮な結合感がした。きっと、いま付き合っている男に馴染んでいるのだろう。そう思うと牡の本能はますます激しく燃え狂って、腰の動きに力がみなぎっていく。はちきれんばかりに勃起した男根を抜き差しし、凶暴に張りだしたカリのくびれで内側のひだを掻き毟っていく。

「ああっ、いやいやいやっ……いいっ！　いいわあっ……」

クンニリングスでさんざん焦らし抜いたせいか、みずから淫乱だと言ってのけるほど性感が熟しているせいかわからない。麻美は恍惚への急勾配を呆れるほどの速さで駆けあがっていった。矢代がそれでも律動のピッチを落とさないと、二度、三度、と立てつづけにオルガスムスに達し、くしゃくしゃに顔を歪めてよがり泣いた。

矢代は歯を食いしばって麻美の肉をむさぼった。

全身が紅蓮の炎に包まれたように欲情しつつも、哀しくてしかたなかった。

理由はふたつある。

麻美としたセックスで、これほど気持ちがよかったのは初めてだった。吸いつくような密着感も、ひとこすりごとに訪れる痺れるような快美感も、すさまじいばかりだった。麻美も同様らしく、時折眼を開けて見つめてくる表情が切羽詰まっている。またイッてしまいそうだと、眼顔で訴えてくる。

夫婦のうちになぜ、これほど熱い営みができなかったのだろう？　過ぎ去った時間の遠さが哀しくて、やりきれなくなる。

そして、別れの必然が、もうひとつの理由だった。

「おうおうっ……出るぞっ出るぞっ……おおおおおううううっ！」

雄叫びとともに煮えたぎる欲望のエキスを噴射した瞬間、はっきりとわかった。寝取られた女を寝取り返すなんて、なんと愚かな考えだったのだろう。そんなことでプライドを取り返せるわけがない。麻美が若い男と浮気をし、離婚を決意したときに、ふたりの人生は別々の道に分かれてしまったのだ。覆水盆《ふくすい》に返らず。いいか悪いか、善か悪かではなく、二度と交わらない未来だけがふたりにとって真実なのだ。

「ああっ、イクッ！　またイッちゃうううーっ！」

麻美は射精の衝撃で我を失い、釣りあげられたばかりの魚のように体を跳ねさせた。五体の肉という肉を躍らせて、淫らな痙攣がとまらなくなった。ペニスを食い締めてくるヴァギナの力が痛切すぎて、矢代の眼尻には歓喜の熱い涙が浮かんだ。

たまらなかった。

彼女はもう、かつての妻ではなかった。

セックスが好きであることを認め、それをファーストプライオリティにして生きていく、自立した大人の女——それが麻美だ。物のように奪ったり奪い返したりすることが許されない、自由な存在なのだ。

男の保護など必要としない女の生き方は、それはそれで尊重されるべきものであろう。けれども、そんな女は男を熱くさせない。どんなことをしてでも手に入れてやろうと、男を奮い立たせることがない。

少なくとも自分はそうだと、矢代は思った。

以前よりはるかに抱き心地のよくなった女体にどくどくと白濁液を注ぎこみながら、けれども快感以上に、別れの哀しさを痛切に嚙みしめなければならなかった。

セックスを終えると、シャワーも浴びずにアパートを出た。

麻美は引き留めてこなかった。かつてなく燃えあがった情事が、ふたりの距離の遠さだけを浮き彫りにしたと考えたのは、矢代だけではなかったらしい。

河原の街に戻った。

師走の冷たい風が吹く夕暮れ時の商店街を、早足で歩いていく。

下着がわりのTシャツが、汗びっしょりで気持ち悪かった。早くアパートに戻って洗面用具を取り、銭湯に行ってさっぱりしたい。

だが、途中で大倉とばったり顔を合わせてしまった。

温泉の一件以来、気まずい関係になっていた。人としてやってはいけないことをやり、見せてはいけないものを見せあったのだから、それもしかたがないだろう。大倉は、ヒナを抱いてしまったことも、矢代にレイコを抱かせたことも、ひどく後悔しているようだった。顔を合わせてもまともに話しかけてくることがなくなり、日課のようだった銭湯への誘いも途絶えていた。

「やあ……」

「どうも……」

お互いに眼をそむけたまま挨拶する。大倉にヒナを抱かせ、レイコを抱いてしまったこ

とを後悔しているのは、矢代も同じだった。言葉を交わすことなく別れようとしたが、

「あの……いま時間ありますか？」

大倉が言ってきた。

「ちょっと話があるんで、付き合ってくれません？」

「話？」

矢代は苦々しく顔を歪めた。一刻も早く麻美とのセックスでかいた汗を流したかったが、大倉は珍しく真剣な面持ちで、断りづらい雰囲気だった。

「僕が払いますから」

大倉にうながされ、赤提灯の縄暖簾《なわのれん》をくぐった。開店直後だったので他に客の姿はなく、カウンターの中の板前も仕込み作業に追われていた。

瓶ビールをお互いのグラスに注ぎあい、気のない乾杯をした。グラスがチンとぶつかっても、お互いの視線はぶつからない。

「話っていうのは、その……」

ビールをひと口呷《あお》った大倉は、横顔を向けたまま言った。

「実は、年が明けたら引っ越そうと思いまして。田舎に帰る友達がいて、そいつが敷金残していってくれるっていうから……」

「……そうか」

矢代は力なくうなずいた。

「だから、その……引っ越したら、矢代さんとも会うこともなくなるっていうか……」

「もっとはっきり言えばいいじゃないか」

矢代はグラスのビールを飲み干し、手酌でビールを注いだ。

「俺の顔が見たくないから引っ越すんだろ？　わかるさ、それくらい」

「……まいったな」

大倉は泣き笑いのような顔で苦笑し、

「ぶっちゃけ、そうなんですけど……いやね、矢代さんが悪いってわけじゃないんですよ。ペットフードの商売、誘ってくれたときは嬉しかったし、またチャンスがあれば一緒になんかやりたいってマジで思ってたし……でも……」

大倉は言葉を切ったが、矢代には心の声が届いた。温泉での４Ｐはやりすぎだった、と。もちろん、矢代にも異論はない。

「気を使ってもらうことはないさ。俺も正直、キミの顔を見るのがつらかったし……」

「……すいません」

「謝ることはないって」

矢代はグラスを持ちあげ、

「別れの盃にしよう。俺だって、いつまであのボロアパートにいるかわからんが……」

もう一度、チンとグラスを合わせた。乾いた物悲しい音が、胸の奥まで染みこんできた。麻美に大倉、今日は別れがまとめてやってくる。

「やっぱり、あそこから出ていきますか？」

大倉がビールを呷ってつぶやく。

「ヒナちゃん、いい子なんだけど……やっぱりね……」

「なんだよ？」

「いや、その……最後だから言っちゃいますけど、俺、けっこう心配してたんですよ。矢代さん、ヒナちゃんと所帯もつなんて言ってたし……」

矢代は付き出しの貝の煮物を口に運んだ。味がわからないほど、しょっぱかった。

「やめといたほうがいいと思いますよ。前から思ってましたけど、ヒナちゃん、マジで危ない女ですから。矢代さんがあのアパートに来たときもね、大家さんが『また男引っ張りこんで』なんて言ってたし。ヒモがいなけりゃ生きていけない、セックス依存症かなんかですよ。ソープ嬢なんてやってるくらいだから、病的な男好きなのはしようがないのかもしれないけど……」

大倉がうかがうような上目遣いを向けてきたので、

「なんだよ？」

矢代は先を急かした。

「言いたいことがあるなら、この際全部言ってくれ」

「……怒りません？」

「ああ」

「実はその……俺も前に誘われたことあるんですよ。矢代さんが来る前ですけど。俺、あのアパートに入る前はレイコと別々に住んでたから、先に引っ越してきたんです。ひと月くらい早く。そうしたら、ヒナちゃん、男の独り暮らしだと思ったんでしょうね。何度か料理のお裾分けにやってきて、『わたしの部屋でお酒飲まない？』とか……ヒナちゃん、可愛い顔して妙な色気を出すから、俺ドキドキしちゃって。レイコと一緒に住む予定がなかったら、確実にやってましたよ……」

ありそうな話だと思いながら、矢代は聞いていた。

ただ、病的な男好き、というのはなんだか違うような気がした。セックスが好きで好きでしょうがないと告白した麻美のような熟女と、ヒナは違う。病的な淋しがり屋、とでも言ったほうがしっくりくる。

「それにね……俺、レイコと喧嘩したとき、一回だけヒナちゃんが働いているソープに行ったことあって……あ、ヒナちゃんに付いたんじゃないですよ。でも、そのときの女の子が、けっこう口汚くヒナちゃんの悪口言ってて……いやあ、店じゃ、すこぶる評判悪いみたいですね。男だけじゃなくて、金にも相当だらしないって……」

「もういいよ」

矢代は立ちあがり、千円札を一枚カウンターに置いて赤提灯をあとにした。

大倉の気持ちもわからないではなかった。ヒナを抱いてしまった後悔を、悪口を言うことで晴らそうとしているのだろう。

だが、矢代にとっては聞くに耐えない話だった。

アパートに戻った。

ビールを飲んだせいで、銭湯に行く気力が削がれた。

かといって眠るためには酔いが足りず、買い置きの酒も見つからなかった。汗まみれのTシャツを着替えると、落ち着かない気分だけが残った。

ふと思いついてチェストの中を漁ってみた。

一万円札が三枚出てきた。ヒナのへそくりだ。

それを握りしめてソープランドに向かった。麻美の中にたっぷりと精を吐きだしたあとだったので、欲情をもてあましていたわけではない。ヒナのソープでの評判がすこぶる悪いという話が、どうにも気になったからだった。

鳥の巣のようなパンチパーマをした黒服は、女の子の写真を三枚見せてくれた。その中にヒナの写真はなかった。つまりいまはサーヴィス中だ。複雑な思いに駆られながら、適当な女を指名した。

三十代後半の、マミコという女だった。

ソープ嬢にしては年増の部類に入るだろう。それでも、柔和な笑顔とグラマーなボディをした、悪くない女だった。

裸になって体を洗ってもらった。

洗い方がヒナよりこなれていて、年季を感じさせた。

「お客さん、よく遊びにくるの？　真面目そうに見えるのにね」

「いやあ、たまにですよ」

「外寒いもんねえ、人肌恋しくなっちゃったのかな？」

当たり障りのない会話を交わしながら陰部を洗われるのは、二度目でも慣れなかった。

湯に浸かるとようやく人心地がつけた。マミコも一緒に湯船に入ってこようとしたが丁寧に断り、マットプレイの誘いも固辞した。

ペニスを隅々までいじられても、欲情はこみあげてこなかった。

マミコのせいではなく、ヒナについていつ話を切りだそうかということで頭がいっぱいで、勃起すらしていない。

風呂からあがってても溜息ばかりついていて、女体に指一本触れないと、マミコもさすがに気分を害したらしく、

「タバコ吸っていい？」

柔和な笑みをつくるのをやめ、露骨に険を浮かべた。

「あ、どうぞ」

矢代はベッドテーブルに置かれていた灰皿を渡した。密室での接客中にタバコを吸うなんて褒められたものではないが、ソープランドに来てサーヴィスを受けようとしないこちらにも落度はある。タバコくらいいくら吸ってもかまわない。

「もう少し、若い子がよかったかしら？」

マミコが紫煙を吐きだし、遠い目でつぶやく。

「いや、そういうわけじゃ……」

「あのね。ソープ嬢なんて熟女のほうがいいものよ。酸《す》いも甘いも嚙み分けてたほうが、濃厚なサーヴィスが受けられて」

「だから、べつにあなたに不満があるわけじゃないんです。急にそんな気分じゃなくなったというか、なんというか……」

失敗した、と矢代は胸底で舌打ちした。あまり険悪なムードになってしまっては、聞きだしたいことも聞きだせない。機嫌を直してもらういい話題はないか、いっそ抱いてしまったほうがまだマシかと考えを巡らせていると、隣の部屋から女のあえぎ声が聞こえてきた。

「ああっ、いいっ！　イッちゃうっ！　そんなにしたらイッちゃううう－っ！」

矢代ははじかれたように壁を振り返った。

「……ハハッ、相変わらず頑張ってるわねえ」

マミコは紫煙を吐きだしながら呆れ顔で笑った。

「隣、若い子なんだけどさ、ギャーギャーわめいてうるさいったら。なんていうのかしら、ちょっぴりオツムが足りない子でね。あんまりうるさいから『そんなに毎回イクわけないだろ』って嫌味言ったら、『わたし、きちんと毎回イケるように頑張ってます』なんて胸張って答えるわけ」

「へええ、そりゃあ立派な心がけだ……」

答える矢代の声は震えていた。隣から聞こえてくる声に聞き覚えがあったからだ。

「立派なんかじゃ、ないない」

矢代が話に食いついてきたと思ったのだろう。マミコは得意げな顔で話を続けた。

「うちら一日中客とらなきゃいけないんだから、流すところは流さないと体がもたないの。わたしもこの仕事長いけど、たまにいるんだ、ああいう子。一生懸命サービスして、夢中になって抱かれて、そのうちわけわかんなくなっちゃって……」

「わけわかんなく？」

「好きになっちゃうのよ、お客さんのこと」

マミコは侮蔑に底光りする瞳で吐き捨てた。

「でも、ソープ嬢が客のこと好きになったってうまくいくわけないじゃない？　貢《みつ》ぐだけ貢がされて飽きたらポイよ。だからね、可愛いしサービスいいからけっこうな売れっ子なのに、いっつも貧乏。よせばいいのにお店経由で高利貸しに借りたりするから、年中ピーピー言ってて。もう四、五年やってるかしらね。やればやるほどお金なくなっていくんだから、笑っちゃうわよ。『もう少し利口に生きられないの』なんてたまに説教してやるんだけど、『わたし馬鹿だから』ってヘラヘラしてるばっかりで……」

「はぁうううっ！　はぁううううっ！　イッちゃうっ！　続けてイッちゃうううっ……はあうおおおおーっ！」

隣から聞こえる悲鳴が歓喜に歪み、獣じみてくる。

「……一本もらっていいかな?」

矢代がタバコに眼をやると、

「あら、ごめんなさい。気が利かないで」

マミコは一本取って火をつけてくれた。二十代の終わりに、苦労してやめたタバコだった。久しぶりに吸いこむと咳きこんで、口の中に不快な苦みがひろがった。立ちのぼる紫煙が眼に入って、涙がとまらなくなった。

第七章　エロスの化身

年の瀬が迫ってきた。

ちょうどいい区切りのときだと、今年残った日数が減っていくごとに矢代は思いを噛みしめた。そろそろ決断をしなくてはいけない。今日を入れてあと三日で、今年は終わる。新しい年は、新しい生き方に向けて一歩でも二歩でも踏みだす形で迎えたい。

ヒナはきっと、男をダメにする女なのだろう。

本人に自覚がなくても、結果としてそうなってしまう。

彼女に貢がれて貢がれて、結局彼女の前から消えてしまった男たちに思いを馳《は》せれば、責めるよりも前に同情が先走った。新宿あたりで手練手管《てれんてくだ》を駆使してキャバクラ嬢や風俗嬢から金を絞りとるホストのような男を、どうしてもイメージできない。なにしろ、あんな場末のソープランドに憩《いこ》いを求めてくるような客なのだ。現実に打ちのめされ、疲弊《ひへい》しきった心と体を、せめて刹那《せつな》の快感で忘れようとしている男たちが、女を食いものにする極悪非道のはずがない。

ヒナが悪いのだ。

ソープでの稼ぎと、蕩《とろ》けるようなセックスと、病的な淋しがり屋の発露《はつろ》としての惜しみない愛情――それらが男をダメにする。性根を腐らせる。真綿で首を絞めるようにじわじわと、だが確実に男が男であるために必要なプライドを抹殺《まっさつ》してしまう。

矢代はそれが怖かった。

チェストの引き出しにあったヒナの三万円、それを平然と盗んでソープランドに駆けこんだ自分が恐ろしかった。なにかが壊れはじめていた。

三万円が平気なら、今度は三十万を盗むかもしれなかった。チェストになければ、返す算段もなしに貸してくれと頭をさげるかもしれない。腹の中でペロリと赤い舌を出しながら。そしてその金は、酒に化ける。ソープランドにだってまた行くかもしれない。身銭を切っているわけではないので痛くも痒《かゆ》くもない遊びだ。ヒナに頭をさげれば小遣いには不自由しない。拒まれれば怒鳴るだろう。そういえばおまえの借金のために、俺は百万出したはずだと責めるだろう。

あの金は、曲がりなりにも命の恩人であり、居候《いそうろう》させてくれたことに対するせめてもの礼だった。金には色がついている。あの金は清らかな金だった。それを巻きあげ返して、酒と女で浪費する。自己嫌悪から逃れるために、ますます溺れる。そんな地獄のような暮らしから逃れる手段はひとつしかない。ヒナからまとまった金を引っぱり、なければ高利貸しに借金でもなんでもさせて、それを懐に逃げだすしかない。

（友達の連帯保証人なんて、馬鹿のくせにありそうな嘘つきやがって……）

矢代は洗濯物を干しているヒナの背中を眺めながら、歯軋《はぎし》りした。開け放たれた窓から吹きこむ風が冷たかった。尋常ではない寒さだった。この部屋にある暖房機器は炬燵《こたつ》だけなので、それも当然だろう。窓を閉めたところですきま風がひどく、炬燵から両手を出すことができない。

「あのう……」

洗濯物を干し終えたヒナが、窓を閉めて振り返った。

「ちょっとこれから、散歩がてら店まで送ってくれませんか？」

「……なんだって？」

矢代は苦笑した。

「このクソ寒いのに、散歩かよ」

「いいじゃない。ダウン買ったばっかりだし。お願いだから付き合って」

ヒナは拝むように両手を合わせた。

矢代は酒くさい溜息をついた。正確には「買ってもらった」のだ。矢代には金がなかった。それまでは駅前の商店街で投げ売りされている粗末な服しか買えなかったし、身なりに構う立場でもないからそれで充分だと思っていたのに、ヒナは数日前、突然デパートでブランドもののダウンジャケットを買ってきた。そんな金があるならストーブでも買ったらどうなんだと、矢代は思ったが言わなかった。そのダウンジャケットが軽くて暖かくて、とても着心地がよかったからだ。

結局、ヒナに押しきられる形で散歩に出た。

風が強く吹いていた。ヒナはわざわざ遠まわりになる道を選んで河原に出ると、土手にのぼった。ダウンジャケットを着ていても、遮るものがなく川風が吹きつけてくるので、首から上が寒さに削りとられそうだった。

河原から見上げる空は相変わらず高かった。季節が冬に近づくに従ってますます高くなっていくような感じがした。昼下がりにもかかわらず、野球やサッカーをしている少年の姿はない。あと二日で今年も暮れるので、その準備を親に手伝わされているのだろうか。年が明ければ、この高い空に凧《たこ》をあげたりするのだろうか。

遠くにソープランドの看板が見えた。

思えばヒナに初めて会ったあの日、矢代はこの道を歩いていたのだった。夏の終わりだった。草いきれがむっと鼻先に迫り、蒸し暑さに大量の汗をかいていた。ほとんどが冷や汗だったのかもしれない。正直に言えば、もう死んでやるという衝動より、死ぬのは怖いという思いのほうがずっと強かった。飛びこもうとした銀色の橋に背を向けて、まるで逃げだすように早足で歩いていた。

「あのう……」

ヒナが急に立ちどまったので、矢代もあわてて歩をとめた。

「これ」

ヒナは寒さでりんごのように赤くなった顔を伏せ、持っていた紙袋を渡してきた。ソープの同僚にもらった田舎土産《いなかみやげ》の入っていた紙袋だった。矢代がゴミ袋にしようとすると、「捨てないで」とヒナはとめ、大事そうに折りたたんでチェストにしまった。紙袋に印刷された安っぽいヒヨコの絵が気に入ったらしかった。

「なんだよ？」

受けとった矢代が訊ねても、ヒナは眼をそらして頰をひきつらせるばかりだった。しかたなく中身を見た。中に茶色い紙袋が入っていて、びっしり札束が詰まっていた。使い古された札で、ざっと三百万から四百万。

「おまえ……」

「わたし……」

ヒナは矢代を制して言った。

「本当は借金なんてないの。正確にはあったけど、とっくに返し終わってるの。だけど、普通の仕事に戻れる自信がなかったから、ソープの仕事をずるずる続けちゃってただけ。だからお金もってるの……」

びゅうっと川風が矢代の頰を撫でていく。

「それ、矢代さんにあげるから、生活を立て直す足しにして。きちんと仕事して、奥さんのこと迎えにいって……もう、これ以上は悪いから……矢代さん、このままだとダメになっちゃいそうだから……」

「……出ていけってことか？」

矢代が声を絞りだすと、

「そうだね。ひと言で言えば」

ヒナはいままでに見たこともないような大人びた顔つきで言った。眼つきが冷たく、いつも半開きの唇を真一文字に引き結んでいる。

矢代は戸惑った。

申し訳ない、というのがいちばん最初に心の中でつぶやいた言葉だ。自分からさっさと出ていく決断をつけられなくて申し訳ない。女のほうからそんなことを言いださせてしまって申し訳ない。馬鹿な女を馬鹿なままでいさせてやることができない男に、生きている価値などあるのだろうか？

おまえはどうしてそんなにやさしいんだ、と訊ねたかった。自分の部屋から男を追いだすのに、なぜまとまった金が必要なのか？

あるいは、おまえは病的な男好きなのか、と訊ねてもみたかった。ソープの仕事だけじゃ足りず、客を好きになって、アパートに引っ張りこまずにはいられないのか？

その可愛い顔の下に、いったいどれほどの闇を抱えて生きているのか教えてくれ。

だが、別れを選ぶならすべては無駄な質問だ。

ヒナにすら別れを決断させるほどダメな男になっているなら、他に選ぶ道などなかった。

「わかった。俺もそうしたほうがいいと思ってた……」

こみあげてくる熱いものをこらえて、紙袋をヒナに突き返す。

「でも、こんな金は受けとれないよ。自分で使え。こんなにもってるなら、ソープ嬢なんて辞められるじゃないか」

「いいの」

ヒナは両手を後ろにまわして受けとることを拒否した。

「ソープ嬢は辞めないから」

「なんで？」

「だって……」

ヒナは苦笑しようとしたが、頬がひきつりすぎてうまく笑えない。

「わたし、決めてるし」

「なにを？」

「仕事あがるときは……きちんとした彼氏ができたときだって……」

冷たかった眼つきがにわかに潤み、半開きになった唇から言葉にならない声がもれる。

矢代はたまらなくなった。抱きしめてやりたかった。しかしそんなことをしてしまえば、元の木阿弥《もくあみ》だ。勇気を出し、心を鬼にして別れ話を切りだしてきた、ヒナの気持ちも台無しにしてしまうだろう。

びゅうと川風が頬を撫でていく。

もっと吹け、と思った。立っていられないくらい風よ吹け。そうすればヒナを抱きしめられる。偶然を装って別れの抱擁が味わえる。

だが、颪はとまった。

同じタイミングでヒナの携帯が鳴った。

ヒナが首をかしげてバッグに手を突っこんだので、

「出るなよ、こんなときに」

矢代は思わず言ってしまった。別れ話の最中に、電話に出る馬鹿がどこにいる？　呆れるほどの無神経さだ。

「でも……」

携帯電話を握りしめたヒナは困惑《こんわく》していた。着信のメロディで相手がわかっているらしく、出なければまずそうだと顔に書いてある。

「はい……はい……ええ、一緒ですけど……」

ヒナが二言、三言会話を交わすと、携帯電話を矢代に差しだしてきた。

「大倉さんが、矢代さんに代わってって」

「はあ？」

今度は矢代が困惑する番だった。矢代が携帯電話を持っていないので、連絡を取りたくてヒナの携帯を鳴らしたということか。

「もしもし、矢代さん……」

電話の向こうで大倉の呼吸は激しくはずんでいた。

「ああ、なんだい？」

「あんた、とんでもないことしてくれたね。そんなことしたらどうなるか、わからないわけじゃないだろ？」

「なんの話だよ、いったい……」

「いいんですよ、しらばっくれなくて。いま錦糸町《きんしちょう》の立粋《りっすい》会ってやくざがアパートに来たから。矢代さんの部屋めちゃくちゃにして、うちまで……とばっちり受けるのは嫌なんで、悪いけど知ってることは全部しゃべったよ……」

「ちょっと待ってくれよ」

早口でまくしたてる大倉を、矢代は必死で抑え、

「なに言ってるのか、本当にわからないぞ。順序立てて説明してくれよ」

大倉は電話の向こうで押し黙ったが、やがて、

「……シャブ捌《さば》いてたんでしょ？」

「ええっ？」

「ヒナちゃん使ってけっこう手広く。たしかにそんなことすりゃ儲かるよ。濡れ手に粟だ

よ。ペットフードどころの話じゃない。でもさあ……いくらなんでもヤバいに決まってんじゃん。ショバ荒らししたプッシャーの末路なんて……」

矢代はゆっくりと息を吸い、ゆっくりと吐いた。手にしたヒヨコの紙袋が、急にずっしりと重く感じられた。ソープ嬢マミコの話では、ヒナはいつでも借金漬けでピーピー言っているらしい。では、この紙袋に詰まった金の出所は？　一瞬にして頭の中で図式が成り立ち、気が遠くなりそうになった。

「……逃げたほうがいいっすよ」

大倉が低く声を絞った。

「ヒナちゃんと一緒に外にいるんでしょ？　やつら、ソープに向かったから。そこにいけば女のほうはいるはずだって俺が教えたんだけど……やっぱ……やっぱさあ、明日の朝、川でふたりの溺死体《できしたい》が発見されたりしたら、寝覚めが悪そうで……」

大倉が話している途中で、土手の下の道路を黒塗りのメルセデスがソープの方向に走っていった。六本木でも錦糸町でも、極道の乗るクルマは似たようなものらしい。

「……恩に着る」

矢代は短く言って電話を切った。

「えっ？　なにっ？　どうしたの？」

素《す》っ頓狂《とんきょう》な声をあげてるヒナの手をつかみ、ソープとは反対方向に向けて全速力で走りだした。ヒナがなにを言っても答えなかった。ただ走った。どういう事情があろうとも、やくざに追われているなら、とにかく逃げなければならなかった。相対すれば身がすくみ、監禁されれば手も足も出なくなることを、身をもって知っていた。

息があがり、心臓が爆発せんばかりに早鐘を打ち、胃から酸っぱいものがこみあげてきて何度もそれを呑みこんだ。

土手の下の道路にタクシーの姿は見当たらなかった。年の瀬のせいか、そもそもクルマの通行量が極端に少ない。銀色の橋の上でようやく拾うことができた。かつて死刑執行台にも見えた橋の上で九死に一生の助け船と出会えるなんて、皮肉といえば皮肉だったが、笑うことなどとてもできなかった。

タクシーを何度か乗り換え、多摩川を越えて横浜まで出た。

やくざの縄張りがどの程度の範囲なのかわからなかったが、そこまで逃げればひとまず安心だろうと思った。途中、ヒナに大倉からの電話の内容を耳打ちすると、ひと言も口を利かなくなった。顔色を失って、膝の上で握りしめた拳を小刻みに震わせていた。矢代はその手をずっと握っていた。やさしさからではなかった。酒浸りの体で全力疾走《ぜんりょくしっそう》したせいで吐き気と眩暈《めまい》がすさまじく、突然クルマを飛びだして逃げられたりしたら追いかけることができないと思ったからだ。

中華街の裏手にあるビジネスホテルに部屋をとった。

賑々しい店構えの中華料理店が居並ぶメインストリートは観光客でごった返していたけれど、ホテルとその周辺は驚くほどひっそりしていた。大陸と日本を行き来している貿易関係者の商人宿のようなものらしい。一般的なビジネスホテルとは趣が違い、無骨な殺風《さっぷう》景《けい》さに支配されていた。従業員は判で押したように無表情で、愛想というものが微塵《みじん》も感じられない。部屋は狭いうえに陽当たりが悪く、壁のシミにまで孤独の匂いがした。異境に身を置く商人たちの、壁を見ながらもらした嘆息が聞こえてくるようだった。

「ごめんなさい……」

ヒナはふたつあるベッドのひとつに腰かけて、さめざめと泣いていた。

「わたしどうしても……どうしても矢代さんにお金を渡したくて……これで社会復帰してって言いたくて……応援するって約束したから……」

「ったく信じられんよ。ビビリのくせに、麻薬なんかに手ぇ出しやがって……」

矢代は檻《おり》にとらわれた獣のように、狭い室内をうろうろと歩きまわっていた。部屋の中は壁も天井もカーテンも、どこを見渡してもうんざりするほど灰色だった。

「だいたい、おまえの話はどこもかしこも嘘ばっかりじゃないか。え？　おまえ、もう四、五年もあのソープで働いてるんだってな？　信じた俺がアホだったけど、最初は二、三カ月とか言ってなかったか？　ええ？　なにが友達の連帯保証人だよ。本当は借金してまで男に貢いでただけだろうが。しまいには、実はシャブの売人でした、か……唖然とするよ、まったく……」

「違う……」

ヒナは首を横に振り、

「わたし売人なんかじゃない。それはその、ちょっとしたアルバイト感覚っていうか……」

「ふざけんなっ！」

矢代は怒りに唇を震わせた。

「ピザ屋の出前じゃないんだぞ。なにがアルバイト感覚だよ。元々やってなかったら、クスリ売る仕事なんてできるわけないじゃないか」

「違うの。元々なんてやってない。クスリだってやったことないし」

「おまえの話は嘘ばっかりだから、もう信用しないよ」

「言うの怖くて、ずっと黙ってたけど……」

ヒナは大粒の涙をボロボロと流しながら言葉を絞った。

「峰岸さんっていう人が、うちにきて……矢代さんと大倉さんが事務所に連れていかれる少し前のこと。ペットフードのこといろいろ訊かれた……六本木のやくざだっていうし、ニコニコしながらトラブルを事前に防ぐためだからって言われたから、わたしよけいなことまでしゃべっちゃって……」

「……そんなことがあったのか」

矢代は大きく息を吐きだした。事務所に連れていかれたとき、彼らがこちらの情報を事細かに掌握《しょうあく》していた理由がわかった。

「……怒った？」

ヒナはしゃくりあげながら上目遣いで見つめてきた。経緯を隠していたことに怒りを感じないわけではなかったけれど、ヒナがしゃべらなければ、矢代と大倉が腕ずくですべてを白状させられていただけのことだろう。

問題はその先だった。

「いいから続きを話せよ」

ヒナは涙を指で拭いながらうなずき、

「あのころ……わたし、ちょっと可哀相な感じだったじゃない？　みんな頑張ってるのに、わたしばっかり戦力にならないで。レイコちゃんのほうはいっぱい注文取ってるのにって……そういうこと、峰岸さんに話したの。愚痴《ぐち》っぽく。そしたら、『ハハッ、ソープで売るなら犬猫の餌なんかよりシャブだよ』って。『よかったら少しまわしてやろうか』って……」

「まわしてもらったのか？」

ヒナがこくりとうなずき、矢代は天を仰いだ。

「峰岸さんの言った通り、お店の女の子たち、みんな食いついてきた……っていっても仲良くて口堅そうな子だけだから、三、四人だけど、その子たちの友達とか、友達の友達とか、だんだん増えていって……それで、ペットフードの仕事がダメになったとき、矢代さんがわたしにお金くれたでしょう？　借金きれいにしろって、百万円ちょっと。まいったな、わたしのほうがお金あげたいのにって……だから、あれを全部クスリに替えたの。さすがにソープ関係だけじゃ捌ききれない量だったから、昔ちょっとサクラやってた錦糸町のデートクラブに行って、女の子とかお客さんとかに勧めてみたら……」

「どうなった？」

「……売れた……飛ぶように」

「おまえなあ……」

矢代は反射的に手のひらを振りあげた。ヒナが両手で顔を隠した。女を殴ったことなどなかったので、それ以上はできなかった。ダウンジャケットのポケットを探ったが、タバコは入っていなかった。そのままではまともに言葉を継げそうになく、灰色の壁に拳を打ちおろした。コンクリートの壁だった。骨が砕けるような猛烈な痛みが、かろうじて正気を保たせてくれる。

「おまえ……どうなるかわかってて、そんなことしたんだろうな？」

にわかに体が熱くなり、ダウンジャケットを脱いで空いているほうのベッドに投げた。この高価な服も、覚醒剤を売りさばいて儲けた金で買ったのだろうと思うと脳味噌《のうみそ》が沸騰しそうだったが、もう一度壁を殴る気にはなれなかった。

「どうなるかって？」

ヒナが罪のない顔で訊ねてくる。

「やくざが血相変えて捜してるってことは、縄張り争いにでも巻きこまれてるんだろ？　それしか考えられないよ」

部屋のデスクにはパソコンが常備されており、インターネットにアクセスできた。部屋に入ると真っ先に錦糸町の立粋会について調べた。武闘派で知られる指定暴力団の二次団体だった。捕まれば、待っているのは死か、死よりも苛酷《かこく》な運命に違いない。

「峰岸さんに電話する」

ヒナがバッグに手を突っこんだので、

「よせって」

矢代はあわててヒナの手から携帯電話を取りあげ、電源を切った。

「どうして？　峰岸さんなら助けてくれるかも……」

「……無理だよ」

やくざのことなどよく知らない矢代でも、その程度のことはわかった。現代やくざは任《にん》侠《きょう》の徒でもなんでもなく、要するに金の亡者だ。金のためならなんでもする。

覚醒剤は暴力団にとってもっとも太い資金源のひとつであり、ナーバスな扱いをしていることは想像に難くなかった。自分のところでネタをおろしてもいない売人が自分の縄張りで荒稼ぎしているのを、黙って見逃すはずがない。

しかし、そんなことは同じ極道の峰岸がわからないわけがないだろう。わかっていてヒナを泳がせていたということは、裏があるということだ。もしかすると峰岸は、ヒナを使ってわざわざトラブルを起こし、利権に食いこむきっかけをつくる、という絵図を描いているのかもしれなかった。であるなら、ヒナの役割は手打ちのかわりの生《い》け贄《にえ》だ。峰岸のところにのこのこ助けを求めにいったりしたら、待ってましたとばかりに錦糸町の組に差しだされるのがオチだろう。

夜、矢代はひとりホテルから出て買い物をした。

元々陽当たりの悪い部屋だったが、夜になると漆黒《しっこく》の闇が窓から侵入してくるような不気味な雰囲気になり、ひときわ気分を滅入《めい》らせてくれた。コンビニで酒とタバコを買い、中華料理屋でテイクアウトの弁当を買った。食欲などまったくなかった。しかし、あの灰色の部屋でただ黙って過ごしているのが耐えられなくなり、とにかく熱い風呂に入って、無理やりでも腹を満たすことにしたのだ。そんなことでもして気分を落ち着けないと、苛立ちと恐怖で頭がどうにかなってしまいそうだった。

刻一刻と暗くなっていく部屋で、矢代はずっと考えていた。

助かる方法を探していた。

警察に駆けこむか？

しかし、そうなればヒナは覚醒剤を売りさばいた罪で懲役《ちょうえき》だろうし、矢代は身の潔白が証明されて下獄を免れたとしても、やくざからの恨みをひとりで背負って、追いまわされることになるだろう。

ヒナとふたりでもっと遠くに逃げてはどうか？

しかし、逃亡するならそこで人生は終わったも同然だ。まともな職には就けないし、社会的な立場も捨てなければならない。風俗を含めた裏の仕事で稼ぎたくとも、極道のネットワークが眼を光らせている。逃亡資金があるうちはいいが、なくなれば無惨なホームレス。とても耐えられそうにない。

状況は絶望的だった。

無事に済む見込みは、万に一つもありそうもなかった。

いや……。

残された方法がひとつだけある。

ヒナがひとりで立粋会に行き、儲けた金を返して詫びを入れればいいのだ。その際、矢代はこの件についてまったく知らなかったことを伝えてもらえれば、助かる可能性がなくはないだろう。

実際に知らなかったのだから、でたらめな話ではないはずだ。それに、ヒナがひとりで捕まれば殺される確率は少ないような気がする。体を売らせれば金になるからだ。一方、社会的立場のない中年男など、躊躇《ためら》うことなく命を奪われるに違いない。いくら知らなかったと事実を告げても相手にされず、ピストルの弾丸代すら節約されて首でも絞められ、師走の冷たい川に死体となって浮かびあがるのだ。

（なにを考えてるんだ、俺は……）

自分で自分に戦慄《せんりつ》してしまった。

仮初《かりそ》めにも一緒に住んでいた女を犠牲にして自分だけ助かろうと考えていることに、人として、男として、身をよじるほどのおぞましさを覚えずにはいられない。

それでも、それ以上にやくざが怖かった。彼らが漂わせている暴力の匂いは、死そのものよりむしろ恐ろしく、矢代の身をすくませた。醜いほどに心を歪めた。峰岸の事務所に連れこまれたときのことを思い返すと、とても冷静な判断などできず、「おまえが勝手にやったことなんだからおまえがひとりで責任をとれ」という子供じみた罵声《ばせい》だけを、心の中で何度もヒナにぶつけていた。

「……おかえりなさい」

ホテルの部屋に戻ると、ヒナが幽霊のような顔で立っていた。可愛らしい童顔は紙のように白く、このホテルの従業員さながらの無表情が貼りついていた。チャームポイントの大きな眼を虚《うつ》ろに泳がせ、サクランボのような唇は可哀相なほど震えている。

「お風呂、もう沸いてるけど」

「先入っていいよ」

矢代が荷物をテーブルに置いてベッドに腰をおろすと、

「一緒に入って……くれませんか？」

ヒナは蚊の鳴くような声で言った。祈るように眉根を寄せていた。

「最後だから……一緒に……」

「なんだよ、最後って？」

「わたし……」

ヒナは大きく息を呑んでまなじりを決した。

「わたし、行くから。錦糸町のやくざの事務所に。ひとりで……」

「なんだって？」

矢代も大きく息を呑んだ。

「行ったら、殺されるんだぞ……最悪の場合」

「でも、行かなかったら……矢代さんまで巻き添えになるし……」

ヒナは華奢《きゃしゃ》な双肩を震わせて、泣くのをこらえている。

「それはやっぱり、悪いっていうか……あんまりっていうか……矢代さんの知らないところでわたしひとりでやったことだから、自分で責任とらなくちゃって……」

「いや、しかし……」

矢代の心はぎりぎりと音をたてて軋《きし》んでいた。そうしてくれれば、自分の命は助かる可能性はあるのだ。生きてさえいれば復活のチャンスはあり、時が経てばどんな記憶だって薄まっていく。そして彼女の言う通り、責任の所在は彼女にある。

重苦しい沈黙が訪れた。

壁の時計が刻む秒針の音が針のように胸に刺さった。

ヒナは濡れた小鳥のように全身を震わせながら、眼顔であなたが好きだと訴えていた。好きな人のために死ぬのなら本望だという覚悟が伝わってきた。

「おまえ……」

矢代はぎゅっと拳を握りしめた。手のひらは脂汗にまみれていた。

男なんて誰でもよかったんじゃないのか？　という言葉が喉元までこみあげてくる。客だろうがなんだろうがすぐに気を惹《ひ》かれてしまい、アパートに連れこんで尽くせるだけ尽し、貢げるだけ貢ぐのが、おまえのやり方じゃなかったのか？　ただ、淋しさを埋めあわせるために。

「……好きにすればいいよ」

矢代は眼をそむけてつぶやいた。自分で自分に吐きそうだった。申し訳ない、命が惜しいのだと、泣きじゃくりながら土下座して謝ることができれば、あるいは少しは気が楽になっただろうか。

「おまえの好きにすればいい。俺は行けとも言わないけど、行くなとも言わない」

死ね、と宣告したのと同じなのに、ヒナは動じなかった。

「うん」

と小さくうなずき、

「じゃあ、最後に……一緒にお風呂に入ってください」

「ああ……」

矢代はうなずいて立ちあがった。

風呂は狭いユニットバスだったので、お互いその場で服を脱ぎはじめた。言葉は交わさなかった。ヒナはミニスカートの下に、ストッキングより厚い生地の黒いタイツを穿いていた。くるくると丸めて脚から抜いた。久しく見ていなかった生脚が白く輝き、矢代の眼をまぶしく射った。

バスルームの鏡は湯の蒸気で半分以上曇っていたけれど、現実をありのままに映す力を失っていなかった。狭い空間に、体を重ねるようにして入っていくや否や、矢代は鏡に映った自分たちの姿を見て衝撃を受けた。

ヒナは美しく、可憐で、エロティックだった。

こんなに綺麗な女だったろうか？　いままで何度となく見ているはずなのに、ともすればうっとりと見とれてしまいそうだった。

つやつやと輝くミルク色の肌も、童顔に似合わないたわわな乳房も、その先端に咲いたピンク色の乳首も、悩殺的にくびれた腰も、股間で黒々と艶光りしている恥毛さえ、もぎたての果実さながらの瑞々《みずみず》しさをたたえていた。それでいて、たまらないほど濃厚な色香が匂ってくる。

一方、その後ろに立った中年男は、つくづく醜かった。酒浸りの日々のせいで下腹を中心に全身を覆った脂肪、くすんでたるんだ皮膚、卑劣《ひれつ》さを厚顔で隠しているような恥にまみれた表情……なにもかもが眼を覆いたくなる醜悪《しゅうあく》さで、自分のことながら殺意さえこみあげてくる。

一緒に湯に浸かるとその落差はますます顕著《けんちょ》になった。

ソープランドの浴槽よりふたまわりも狭かったので、ふたりは最初、膝を抱えて横に並んだ。収まりが悪く、結局、矢代がヒナを後ろから抱きしめるようにして、体を密着させた。

見た目も美しいヒナの肌は触るとその何倍も魅力に満ちて、湯の中でぴちぴちしていた。手のひらで腕を撫でているだけで、身の底からエネルギーがわいてくるようだ。

この女を生かさなければならない、と思った。

鏡を見たときに気づき、いまはっきりと確信した。

死ぬべきなのは彼女ではなく、自分のほうだ。どちらかが死ななければならないのなら、誰がどう判断しても、そういう結論に至るに違いない。

いや。

誰がどう判断しようが、知ったことではなかった。

問題は、自分にとって彼女がどれだけ大切かということだけだ。

たとえヒナが男なら誰でもよくても、淋しさを紛らわせるだけの存在だったとしても、そんなことだって問題じゃない。

それまで歩んできた人生とは別の世界を見せてくれたヒナ。

あの蒸し暑い夏の夜、予定通りに橋から飛び降りて死んでいれば、いまよりずっと味気ない人生で終わっていただろう。

抱きあって、笑いあって、手ひどく傷つけてたくさん泣かせて、それでもずるずると離れられなくて……裏側にどんなに深い闇を抱えていようとも、彼女のけなげで純情で時にお馬鹿な振る舞いにはいつだって心が揺さぶられた。人間らしさを味わえた。挫折によって失われていた感情の起伏を取り戻すことができた。

ヒナ。

本当のビビリはおまえじゃなくて俺のほうだな。

いったいなにを恐れていたのだろう、といまになって思う。

まっすぐに、おまえと暮らしていくことだけを考えればよかったのだ。

過去も未来も関係ない。

おまえと暮らせば毎日が楽しそうだ。

一瞬一瞬、心が躍るに決まっている。

ソープなんて辞めて、夢だったというお嫁さんになって、俺が仕事から帰ってくるのを待っていればいい。料理なんてカレーとハンバーグで充分だ。休みの日にはバドミントンをしよう。セックスだって毎日……。

ああ、本当に楽しそうだ。

それはもう、叶わぬ夢になってしまったけれど。

「……んんっ！」

両腋の下から手を入れて乳房を揉むと、ヒナは小さくうめいた。それ以上の反応はなかった。声も出さなかったし、振り返りもしない。矢代も黙って揉んだ。湯の中で悩ましい隆起を主張しているふくらみを嚙みしめるように揉みつづけた。勃起はしていなかった。

このどこまでも柔らかく、どこまでもやさしい揉み心地を指に記憶させ、怖くなったら思いだそうと思った。修羅場のそのときまで、指よどうか覚えていてくれと祈った。そうすれば、ちょっとはやくざ者の放つ暴力の匂いに対抗できるかもしれない。

「……あのう」

ヒナが振り返った。童顔がピンク色に染まり、つらそうに唇を嚙みしめている。

「んっ？　熱いか？　もうあがるか？」

「そうじゃなくて……」

ヒナは情けなさそうに眉を八の字にさげた。

「わたし馬鹿だから……」

「なんだよ？」

「こんなときなのに……オマンコ濡れちゃった」

泣き笑いのように顔をくしゃくしゃにするヒナを見て、矢代は絶句した。次の瞬間、噴きだしてしまった。腹の底からの大笑いで、狭苦しいユニットバスを満たした。

釣られてヒナも笑う。

笑いながら眼尻の涙を拭っている。

この女は本当にどうしようもない。

どうしようもなく馬鹿で、どうしようもない淋しがり屋で、どうしようもなくすけべなのに、どうしようもなく愛おしい。

矢代の腹は決まった。

もう、みっともなく生にすがりつくのはやめよう。

やくざの事務所には自分ひとりで行けばいい。彼女だけは見逃してほしいと、命を賭けて懇願すればいい。懇願が通じる相手ではないことはよくわかっているけれど、この女を生かすためならきっと、死ぬのもそれほど悪くない。

なにもかも殺風景なホテルだったが、ベッドにかけられた白いシーツだけはまともだった。きちんと糊《のり》がきいていて、湯上がりの火照った体に気持ちよかった。

ヒナの素肌は、もっと気持ちよかった。

肌と肌をこすりあわせながら、久しぶりに長い口づけを交わした。

考えてみれば、ヒナと最初に会ったときも、死を意識していた。生まれて初めて足を踏みこんだソープランドで、後ろから突きあげながら慟哭《どうこく》をこらえきれなかった。あのときなぜ、セックスしながら泣いてしまったのだろう？　いまになってはよく思いだせないけれど、いまほど絶望的な状況だったわけではあるまい。

そして、いまほどすがすがしい気分でもなかったはずだ。たったいま肌をこすりあわせ、舌を吸いあっている女は、通りすがりに端金《はしたがね》で買った売春婦ではなく、愛する女だった。いや、端金で春をひさぎ、金次第でどんな男にも脚を開くようなやつなのだが、自分はたしかにこの女が好きだ。どうしようもなく愛している。認めてしまえば、心に羽根が生えたように気分が軽くなり、心置きなく勃起してしまうことができた。

「うんんっ……うんんんっ……」

舌をからめあいながら、ヒナはせつなげに眉根を寄せ、潤んだ眼を限界まで細めてすがるような視線を向けてくる。その瞳は絶望に縁取られ、闇色に沈んでいた。彼女もまた、死を意識している。助けてやることに決めたのなら、早く伝えて安心させてやるべきかもしれなかった。しかし、言いたくない。彼女が情事に疲れ果て、眠りについた夜明け、書き置きでも残して出ていけばいい。いままでもさんざん意地悪をしてきたが、これが最後の意地悪だった。セックスの天才である彼女が、死を意識して行なうそれをどうしても味わってみたかった。わがままを許してほしいと胸底で詫びる。

口づけをしながら、頬を撫でた。

童顔なのでふっくらとしたヒナの頬には、女らしい丸みがある。首は細く、鎖骨の目立つ肩は華奢だ。不釣り合いに、乳房は大きい。片手ではつかみきれない量感がある。矢代は揉んだ。湯の中の瑞々しい感触もたまらなかったが、手のひらにしっとりと吸いついてくる湯上がりの感触も極上だった。搗《つ》きたての餅と戯れているような気分になる。先端の乳首はすでに硬かった。痛さすら伝わってくるほどの尖り方だ。

　口に含んで吸った。ヒナがうめく。矢代は左右の乳首を交互に口に含んで、両方ともねっとりと唾液にまみれさせた。そうしつつ搗きたての餅のような乳肉を執拗に揉みしだく。ヒナは背中をきつく反らせ、双頬と胸元をピンク色に染めながら、矢代の乳首に指を伸ばしてくる。

　ヒナは相手の性感帯をけっして忘れない女だった。乳首を指先ではじかれ、今度は矢代がうめいた。乳首を舐め転がしながら、乳首をいやらしくいじられた。乳繰りあうというのは、きっとこういうことを言うのだろう、と馬鹿な想念が頭をよぎる。身をよじりそうな刺激とともに、お互いの気持ちが行き来する。気持ちの上澄みにある胸焼けするほど甘ったるい部分だけを、大事にすくって育てあげるように、時を忘れて乳繰りあった。

「むううっ……」

　先に耐えられなくなったのは、矢代のほうだった。乳首をいじっているヒナの手指を振りきって、体を下のほうにずらしていった。湯に湿った草むらに顔を埋め、頬ずりしながら、太腿を撫でまわした。乳房と違って肉の張りつめ方が逞《たくま》しい。パンパンに空気を入れたゴム鞠《まり》みたいな弾力があり、指を食いこませても簡単に押し返される。そして、色は体のどの部分よりも白かった。皮膚が透けて、青白い血管が見える。矢代は強く吸ってキスマークをつけた。桜の花びらが散るような模様が、太腿に浮かびあがってくる。十個まで数えた。鼻先に異変を感じた。黒く艶光りする草むらの奥から、発情した牝の匂いが漂ってきた。

両脚を開いた。

アーモンドピンクの花は、濡れて光沢を放っていた。指でくつろげると、薄桃色の粘膜が姿を現わし、あふれた蜜がセピア色の尻の穴のほうまで流れていった。

口を押しつけ、蜜を啜《すす》りたてる。匂いも味もいつもより濃厚に感じられた。舌を使いはじめると、反応もいつも以上だった。薄桃色の粘膜と舌先がわずかにこすれあっただけで、ヒナはまるで傷口に塩をすりこまれように体を跳ねあげた。

矢代は薄桃色の粘膜を舐めては蜜を啜り、啜っては舐めた。くにゃくにゃした花びらを口に含み、ふやけるほどにしゃぶりたてた。やがて肉の合わせ目に真珠のようなクリトリスが突起してくると、包皮を剝いて舌先で転がした。ヒナは手放しの悲鳴をあげ、矢代の首に両脚を巻きつけてきた。逞しい太腿でぎゅっと顔を挟まれ、一瞬息がとまった。それでもかまわずに舌を動かし、あふれる花蜜を音をたてて啜りあげていく。

「ねえ、させて……わたしにもさせて……」

ヒナがフェラチオをねだってきたが、矢代は取りあわなかった。久しぶりの情事だからか、それともこれが今生《こんじょう》で女体に触れる最後になるせいか、欲望が凶暴に尖っている。ヒナのやさしさに包みこまれるより、ヒナを組み伏せてやりたい。両脚を開いたままでんぐり返しのような格好にして、いつまでもクンニリングスをやめなかった。口に陰毛が入りこんでくるのもおかまいなしに熱っぽく女の割れ目を舐めまわし、クリトリスを吸いしゃぶった。あふれた蜜が草むらを濡らし、光沢のある筋を残して臍のほうまで垂れていく。体を逆さまにされたヒナは顔を真っ赤にして、ひいひいと喉を絞る。ちぎれんばかりに首を振り、長い黒髪を振り乱す。

矢代は興奮をこらえきれなくなった。

できることならいつまでも、唇と割れ目が溶けあってしまうまで舐めつづけていたかったけれど、ヒナの体は扇情《せんじょう》的すぎた。いつだってそうだった。男の欲情をいやらしいほど挑発してきた。この程度の破廉恥《はれんち》ポーズなどいままでうんざりするほどさせられてきたはずなのに、真っ赤に染まった顔をくしゃくしゃにして羞《は》じらっている。底知れぬほど深い、自分の欲望を恥じているのだ。ひとたび男と体を重ねれば、オルガスムスに達することを夢中で追いかけてしまうことを恥じている。絶体絶命の窮地に立たされてなお、股間を濡らしてしまうすけべな自分を馬鹿だと思っている。

可愛いやつだとしか言いようがなかった。

矢代はでんぐり返しのようにしたヒナの体を元の仰向けにして、両脚の間に腰をすべりこませていった。

猛りたった男根を割れ目にあてがうと、ただそれだけで、背筋にぞくぞくと戦慄が這いあがっていった。ヒナが首に手をまわしてこようとしたが、矢代はそれを拒んだ。両手を左右に開いて、白いシーツの上で磔《はりつけ》にするように押さえこんだ。眼に焼きつけておきたかった。男を迎え入れるとき、ヒナがどんなふうに顔を歪ませるのか、長い睫毛や閉じることのできなくなった唇を震わせるのか、喉や背中を反らせるのか、あますことなく記憶しておかなければならない。

息を呑み、腰を前に送りだしていく。

貫かれたヒナが、眼を見開いて甲高《かんだか》い悲鳴をあげる。

矢代も眼を見開いていた。

視線をぶつけあったまま、深々と根元まで埋めこんだ。

ああっ。

いったいなんというやさしい感触だろう。

いまはっきりと思いだした。かつてこのぬめぬめした感触に命を救われたことを。いまとなってはどうでもいいことだが、仕事に失敗した挫折感や、妻を寝取られた喪失感や、嫉妬や破壊衝動や自己嫌悪や、それらの一切合切《いっさいがっさい》を包みこみ、ただ生きよと命じてきた感触だ。ヒナの柔らかな肉ひだは熱くたぎり、どこまでもいやらしく収縮し、生きてこの愉悦をむさぼれと伝えてきた。それだけで人生には意味があると教えてくれた。

今度はこちらの番だった。

鋼鉄のように硬く勃起した男根を抜き差しした。みなぎるエネルギーをヒナの中に送りこんでいった。肉と肉とが甘美にこすれあった。からめた指をしっかりと握りしめ、視線も同じようにしっかりとからめあって、雄々しく腰を振りたてていく。

ヒナは長く尾を引く悲鳴をあげた。

見開かれた眼に涙をあふれさせ、泣きじゃくりだした。

肉の悦びに悶えているだけではなく、別れの哀しさを嘆いているだけでもない。矢代には理解できた。五体の肉という肉が歓喜に震えだしたいまこのときの生の輝きが、耐え難いほどまぶしすぎるせいだ。今際《いまわ》の際《きわ》で振り返り、逆光のまぶしさに泣いているのだ。

しかし、心配する必要はない。

ヒナはいましばらく、まぶしい光の中で生きられる。たとえ逃亡生活を余儀なくされ、ソープ嬢を続けられなくなっても、ヒナは淋しがり屋だから、この体はすぐに他の男に抱かれることになるだろう。できることなら、これからもたくさんの男に抱かれてほしい。たくさんの男を欲情させ、喜悦に身震いさせ、癒してやってほしい。

熱いものがこみあげてきて、涙で視界が曇った。

泣き顔を見られるのが嫌で、からめた指をほどいてヒナを抱きしめた。反り返った背中に腕をまわし、結合をひときわ深めていく。これ以上密着できないというところまで体を密着させ、呼吸と動きを重ねていく。

お互い手放しで泣きじゃくっているのに、腰の動きだけはどこまでも淫らに、いやらしくなっていく。滑稽なほど息がぴったり合っていた。ヒナは獣じみた悲鳴の合間に「ああっ、すごいっ！」「壊れちゃうよっ！」と絶叫し、最初のオルガスムスに達した。

ヒナだけを一方的に、これほど早く絶頂に追いこんだのは初めてだった。

不思議でもなんでもなかった。自惚《うぬぼ》れではなく愛しあっている実感があった。体と体だけではなく、心と心もしっかりと結ばれているから、絶頂に導くことなどわけもない。求めあう心と心が、肉と肉との一体感をどこまでも高めていく。

ヒナが絶頂に達しても、矢代はむさぼるような腰使いをやめなかたった。

まるで荒狂う嵐の海に向けて艫綱《ともづな》をといた小船の中にいるようだった。暴風雨に揉みくちゃにされ、かろうじて身を寄せあっているだけの男と女。いや、男が船頭で、女が船か。ずちゅっ、ぐちゅっ、と肉がこすれあう音にのって、仰ぎ見るような高波が迫ってくる。しがみつくものは、汗ばんだお互いの体しかない。腰を振りあい、火照った肌に爪を食いこませ、息があがっているのに口を吸いあう。

「あううぅっ！　いいっ！　いいっ……はぁあああああーっ！」

矢代は耐え難い射精欲を耐え抜いて、ヒナだけをもう一度高波の頂点に放りだした。放りだしながらも離さない。まだ船をおりるわけにはいかない。衝撃にバラバラになりそうな華奢な体をきつく抱きしめ、しつこく連打を送りこんでいく。次の高波が迫ってくる。空は暗黒の雲に覆われ、彼方で稲妻が光っていた。それに打たれれば、ふたりの小船は木《こ》っ端微塵《ぱみじん》に打ち砕かれるだろう。

恐怖に身をすくませながらも、稲妻に向けて舵《かじ》を切らずにはいられなかった。すべてを失う恐怖と、すべてを失ってしまいたい衝動が、背中合わせに貼りついている。嵐の海では、死だけが恍惚《こうこつ》を予感させる。持てる力を総動員して、船を漕いだ。ヒナのいやらしすぎる腰使いが、無尽蔵のエネルギーを与えてくれる。怖いくらいに力がみなぎり、みるみる稲妻が近づいてくる。

遠眼には糸のように見えた稲妻なのに、間近で見ると光の洪水だった。落雷の爆音が耳をつんざき、なにも聞こえなくなった。視界も真っ白だった。たしかなのはただ、腕の中でもがくヒナの体だけ。淫らな分泌液に濡れて勃起しきった男根を咥えこんだ、よく締まる一塊の肉塊のみ。矢代は狙いを定めた。タイミングを誤るわけにはいかなかった。小船がすさまじいスピードで水面をすべりあがり、眼も眩《くら》むような高さにまで押しあげられた瞬間、ひきがねを引いた。

「おおおおっ……おおおおおおーっ！」

雄叫びをあげて、煮えたぎる男の精をドクンッと噴射した。暴れだした男根が、ヒナをひときわ激しいオルガスムスに導いていく。お互いがお互いの体にしがみつき、五体の肉という肉を恍惚の痙攣に打ち震わせた。肉の悦びと呼ぶにはあまりにも痛切な痺《しび》れるような快感を、泣きじゃくりながら分かちあった。

ふたりはたしかに、高波の頂点で稲妻の閃光《せんこう》に打ち抜かれていた。

最終章

　矢代は穴を掘っていた。

　深夜未明。頭上に覆われた木々で月も星も見えない山奥でのことだ。車高の異様に高い4WDのヘッドライトが、矢代の吐きだす息の白さを照射し、クルマの脇に立った男の構える拳銃を鈍色《にびいろ》に光らせていた。

「さっさとしてくれよ。俺ぁ、早く帰って年越し蕎麦《そば》食いてえんだからよ」

　そう言われても、スコップを持つ手は寒さにかじかんで握力をなくし、両脚はガクガクと震えっぱなしで立っている気がしなかった。そもそも、わずかに体を動かしただけで、さんざんに痛めつけられた首や腰や脇腹が軋み、咳《せ》きこめば鼻と口から大量の血があふれた。それでも、恐怖と絶望感に思考は停止してもはやなにがなんだかわからず、ただのろのろと地面に穴を掘ることしかできない。たしかなことはただ、自分の末路が川で土左衛《どざえ》門《もん》ではなく、山で生き埋めということだけだった。

前日の朝早く、横浜中華街の裏手にあるホテルにヒナを残し、矢代はひとりで東京に戻った。

予定通り、書き置きを残してきた。けっして後を追ってこないこと。麻薬の売買は確実に実刑を受けるので警察には行かないこと。眼が覚めたらすぐにホテルを出て、しばらくは遠くの街で目立たないように暮らすこと。やくざ者には絶対に近づかないこと……言いたいことは山ほどあったが、なにしろ相手の理解力に不安が残るので、その程度にとどめた。ヒヨコの紙袋に入った金を数えると、一万円札が全部で四百二十六枚あったので、ヒナの逃亡資金に百万円と端数を残した。どうせ殺されるのなら全部置いていってもよかったのだが、三百万というまとまった金を渡して詫びを入れれば、極道も少しは情けをかけてくれるのではないかと甘い考えを抱いてしまったのだ。

もちろん、蜂蜜《はちみつ》より甘い考えだった。

錦糸町のギラギラした繁華街にある立粋会の事務所に行くと、有無を言わさずいきなり暴行を受けた。クリスタルの灰皿が側頭部にめりこみ、悲鳴をあげてうずくまると、取り囲んだ男たちがよく磨《みが》かれた靴で蹴ってきた。顔や頭や首や背中や脇腹を嵐のように蹴りまくられた。鼻の骨と前歯と肋骨《ろっこつ》が何本か折れたことだけははっきりわかったが、そこから先は失神していた。失神する前に、

「あの女はただのバイトですっ！　全部自分が命令したことなんですっ！」

それだけは何度も叫んだ。それを言わなければやってきた意味がなかった。気がつくと、口と両手両脚をガムテープでぐるぐる巻きにされ、薄暗い倉庫のようなところに転がされていた。二、三時間置きに男たちが入れ替わり立ち替わりやってきて、痛めつけられた。女の居場所を言え、と言われた。知らなかったので言えなかった。この事務所を訪れる直前、横浜のホテルに連絡を入れ、ヒナがチェックアウトしたことを確認していた。

暴行を受けているときよりも、待っている時間のほうがはるかにキツかった。いつまた折れた鼻を踏まれるのだろう？　革靴の爪先を鳩尾《みぞおち》にめりこまされ、息苦しさに気を失ってしまうのだろう？　という想像が精神を崩壊させ、監禁が一昼夜続くと、半ば発狂状態になって暴れだした。生まれて初めて銃口を突きつけられ、糞小便を漏らした。本当のことをすべて話した。それで助かるとは思っていなかったが、もう限界だった。本当のことを話したところでヒナの居所はわからなかったので、幹部らしき男が、

「もういいから捨ててこい」

と若い衆に命じた。

若い衆は矢代を一瞥し、

「ったく、面倒かけやがって。今日は大晦日《おおみそか》なんだぜ」

と火のついたタバコを瞼に押しつけてきた。

とにかく一刻も早く殺してほしい、もう痛いのも怖いのも嫌だ、と矢代はそれだけを祈りつづけた。ブルーシートに包まれてクルマで山奥へ運ばれ、穴を掘らされた。自力じゃ立っているのもつらいほどだったので、二、三センチ掘るのに何分もかかった。自分の身長と同じだけ掘れと言われたが、気が遠くなるほど時間がかかりそうだった。

「さっさとしろって言ってんだろっ！」

尻を蹴飛ばされ、矢代はまだ浅い穴に倒れた。パタンと力なく倒れただけで、全身を何百本もの針金で貫かれたような激痛が走った。

「もう殺せばいいじゃないかっ！」

気がつけば半狂乱で叫んでいた。

「体が痛くて力なんか入んないんだよ。人を殺すなら、穴くらい自分で掘ったらどうなんだっ！」

大声を出したことで、口も喉も裂けるように痛んだ。寒さでかじかんだ手には、ヒナの乳房の感触はもう残っていなかった。痺れるような射精の快感も思いだせなかった。それでも満足だった。少なくとも人ひとりの命を奪えば、ヒナを追う手も緩むだろう。緩むはずだ。こんな人殺しをなんとも思わない連中が相手では心許《こころもと》ない希望的観測だったが、そうとでも思わなければやりきれない。

「わかったよ。じゃあ、そうさせてもらうわ」

若い衆が鬼の形相でスコップを拾いあげ、矢代に襲いかかってきた。刃を横に向けて脚に打ち下ろした。切断されたかと思うような衝撃に、阿鼻叫喚《あびきようかん》の悲鳴をあげる。

「だけど、俺のやり方は辛口だよ。チャカなんかで殺してやらないよ。手足チョン切って生きたまま埋めてやっから、二、三日かけてじわじわ死ね」

刃を横に向けたスコップが襲いかかってくる。転がるように逃げる矢代の、脚を叩き、腕を叩く――。

「うわあああああーっ！」

叫び声をあげて眼を覚ました。

病院のベッドだった。

叫び声をあげて眼を覚ますのは、入院してこれで何度目だろう？

白一色に統一された室内はリアリティがなく、いままで見ていた夢だけがどこまでも生々しい。

ようやく腫れのひきかけた唇から、ひゅうと溜息がもれていく。

矢代が助かったのは、ヒナが逮捕されるのを覚悟で警察に駆けこんだからだった。

もう少し駆けこむのが遅く、警察の対応が遅れていれば、若い衆に生き埋めにされていたらしい。立粋会はかねてから麻薬関係の事件で当局に眼をつけられており、それが功を奏した格好だという。

「矢代さん、お目覚めかしら」

ナースが部屋に入ってきた。

「……ええ、はい」

矢代は視線だけを動かしてナースを見た。入院してもう一週間は経つはずなのに、それ以外は痛くてどこも動かせなかった。首にはコルセット、右腕と右脚にはギプス。左腕と左脚はかろうじて骨折は免れたようだったが、腱《けん》が損傷し、肉がえぐられていた。むろん、目立つ外傷がいちばん多いのは顔で、包帯や眼帯をはずしたところを想像したくもなかった。

「それじゃあ、点滴しましょうね」

五十がらみのナースは柔和な笑みを浮かべてギプスをしていない左腕に針を刺し、点滴を台に吊った。

「退院まで、あとどれくらいかかりますかね？」

「またその質問？」

ナースは苦笑し、

「全治五カ月っていったら五カ月よ。リハビリもあるし」

「遠いなあ」

「大変な事件に巻きこまれたんだから、少しは安静にしてなさい。体もそうだけど、心もいたわってあげなくちゃ……あ、そうそう」

ナースは白衣のポケットから封筒を出した。

「いま警察の人が院長先生のところに事情聴取に来ててね、手紙預かってたんだ。あなたを助けてくれた女の人から。読む？」

「ええ」

矢代がうなずくと、両手の自由がきかない矢代にかわって、封を開け、眼の前で手紙をひろげてくれた。

――言いつけを守れなくてごめんなさい。助けてくれてありがとう。生きててくれて、本当に、本当に、本当によかった。

細いボールペンで書かれた字が、ミミズがのたうっているように汚かった。わたし馬鹿だから、が口癖のヒナらしい、と苦笑がもれる。

しかし、すぐに思い直した。

ヒナはいま、慣れない留置所での生活に怯え、実刑を受けて刑務所に行くことに不安を募らせているはずだった。なにより彼女のことだ、一匹だけ檻《おり》の中に隔離されたうさぎのように、淋しくて淋しくて、普通に字も書けなかったのかもしれない。

「警察の人、まだこの病院にいるんですよね？」

矢代はナースに訊ねた。

「ええ」

「手紙の返事、渡したいんですけど、代筆してもらえませんか？」

「いいわよ。ちょっと待ってて」

ナースは便箋《びんせん》を持ってきてくれると、

「どうぞ、なんて書けばいい？」

ベッドの脇の丸椅子に腰をおろして言った。

「あ、いや……そうですね……」

　矢代はしばし逡巡《しゅんじゅん》してから、

「……ありがとう」

「……はい」

「おまえのおかげで助かった」

「……はい」

「寒いから体に気をつけてな……」

「……はいはい、それから？」

「……以上です」

「もういいの？」

　ナースが柔和に眼を細める。

「遠慮しないでいいから、本音を言ってあげれば？　しばらく会えないんでしょう？」

「いや、その……」

　矢代は苦笑して首をかしげた。たしかにしばらく会えない。麻薬売買の罪なので、一年や二年は塀の中から出てこられないだろう。

「……待ってるから」

　勇気を振り絞って言った。いい年をした中年男が第三者の前で色恋の言葉を口にするのは、包帯を巻かれた顔から火が出そうなほど恥ずかしい。

「はいはい、待ってるから……」

「おまえ……家に帰ってきたとき……」

「……はい」

「灯りがついてると嬉しいって言ってただろ？　あの河原のアパートに、灯りつけて待っててやるから……」

「ちょっと待って、速い速い……」

「おまえが刑務所から出てきたら、今度は俺がおまえを養ってやる。遠慮しないでいいよ。炬燵の上のウイスキーの瓶の下に……」

「速いってば……」

「瓶の下に……毎日千円札をすべりこませてやる。それ持って毎日遊んでればいい。俺のパンツは洗うんだぜ。バンって言ったら死んだふりだ。今度は俺がご主人さまなんだから当然だろう？　おまえ、言ってたよな？　きちんとした彼氏ができたら仕事あがるって……ソープ嬢やめるって河原で言ったよな？　俺にしとけよ……おまえみたいな女に、男を選り好みできる権利なんてないんだよ……馬鹿だし、嘘つきだし、ビビリだし、救いようのない淋しがり屋だし……おまけに売春婦で、シャブの前科までついて……なあ、俺にしとけ……ヒナ……」

ナースはもう、言葉をとめてこなかった。便箋にペンも走らせず、ただ息を呑んでせつなげな眼を向けてくるばかりだった。それでも矢代はしゃべりつづけた。やがて慟哭に遮《さえぎ》られるまで、言葉はいつまでもとめどもなくあふれてきた。

どうしようもない恋の唄

一〇〇字書評

切り取り線

購買動機（新聞、雑誌名を記入するか、あるいは○をつけてください）

□（　　　　　　　　　　　　）の広告を見て
□（　　　　　　　　　　　　）の書評を見て
□ 知人のすすめで　　□ タイトルに惹かれて
□ カバーが良かったから　　□ 内容が面白そうだから
□ 好きな作家だから　　□ 好きな分野の本だから

・最近、最も感銘を受けた作品名をお書き下さい

・あなたのお好きな作家名をお書き下さい

・その他、ご要望がありましたらお書き下さい

住所	〒				
氏名		職業		年齢	
Eメール	※携帯には配信できません		新刊情報等のメール配信を 希望する・しない		

この本の感想を、編集部までお寄せいただけたらありがたく存じます。今後の企画の参考にさせていただきます。Eメールでも結構です。

いただいた「一〇〇字書評」は、新聞・雑誌等に紹介させていただくことがあります。その場合はお礼として特製図書カードを差し上げます。

前ページの原稿用紙に書評をお書きの上、切り取り、左記までお送り下さい。宛先の住所は不要です。

なお、ご記入いただいたお名前、ご住所等は、書評紹介の事前了解、謝礼のお届けのためだけに利用し、そのほかの目的のために利用することはありません。

〒一〇一・八七〇一
祥伝社文庫編集長　坂口芳和
電話　〇三（三二六五）二〇八〇

祥伝社ホームページの「ブックレビュー」からも、書き込めます。
http://www.shodensha.co.jp/bookreview/

祥伝社文庫

どうしようもない恋《こい》の唄《うた》

平成21年12月20日　初版第1刷発行
平成31年3月30日　第13刷発行

著　者　草凪《くさなぎ》　優《ゆう》
発行者　辻　浩明
発行所　祥伝社《しょうでんしゃ》
東京都千代田区神田神保町3-3
〒101-8701
電話　03（3265）2081（販売部）
電話　03（3265）2080（編集部）
電話　03（3265）3622（業務部）
http://www.shodensha.co.jp/

印刷所　錦明印刷
製本所　ナショナル製本

Printed in Japan ©2009, Yū Kusanagi ISBN978-4-396-33544-1 C0193

祥伝社文庫の好評既刊

草凪 優　誘惑させて

不動産屋の平社員からキャバクラの店長に抜擢されて困惑する悠平。初日に十九歳の奈月から誘惑され……。

草凪 優　みせてあげる

「ふつうの女の子みたいに抱かれてみたかったの」と踊り子の由衣。翌日から秋幸のストリップ小屋通いが。

草凪 優　色街そだち

単身上京した十七歳の正道が出会った性の目覚めの数々。暮れゆく昭和を舞台に俊英が叙情味豊かに描く。

草凪 優　年上の女《ひと》

「わたし、普段はこんなことをする女じゃないのよ…」夜の路上で偶然出会った僕の「運命の人《ファム・ファタール》」は人妻だった…。

草凪 優　摘《つ》めない果実

「やさしくしてください。わたし、初めてですから…」妻もいる中年男と二十歳の女子大生の行き着く果て！

草凪 優　夜ひらく

一躍カリスマモデルにのし上がる20歳の上原実羽《うえはらみわ》。もう普通の女の子には戻れない…。